弁当屋さんのおもてなし

ほかほかごはんと北海鮭かま

喜多みどり

目次

人物紹介

●小鹿千春（こじかちはる）
コールセンターに勤務する25歳のOL。
最近札幌に転勤してきた。

●大上ユウ（おおかみ）
弁当屋『くま弁』で働く店員。
ミステリアスな雰囲気の好青年。

●熊野鶴吉（くまのつるきち）
『くま弁』の店長。腰を痛めており、
あまり店頭には出てこない。

●黒川晃（くろかわあきら）
『くま弁』の常連客。娘を溺愛している。

●白鳥あまね（しらとり）
地元密着型アイドル。
テレビや広告に多数出演する。

●華田将平（はなだしょうへい）
アパレル会社の若き社長。ユウの昔馴染み。

●竜ヶ崎信司（りゅうがさきしんじ）
熊野の義理の息子。真面目な性格。

イラスト／イナコ

•第一話• かにを夢見る鮭かま弁当

『美味しいもの食べてる？』

　電話越しに聞こえる声は、いつもと変わらず朗らかで、のんびりしている。母のほっこりとした笑顔が目に見えるようだ。

「美味しいものって？」

　答える千春の方は、寒くて、疲れて、呂律が回らない。電話会議やらクレーム対応やらで酷使した喉はがらがらに嗄れて、おまけに寒さで声が震えてしまう。

　十一月の札幌。時刻は夜の十一時。

　広い割に交通量の少ない二車線道路の前に佇んで、千春はスマートフォン片手に凍えながら信号待ちをしていた。

　赤い歩行者信号の下で、母との通話は続く。

『せっかくの北海道でしょ。うにとか、かにとか、なんだってあるじゃない。どうせなら楽しめばいいのよ。ジンギスカンとか、ラーメンとかも』

「外食はあんまりしてないから……」

『自炊してるの？　偉い！』

「はは……」

喉に引っかかったみたいな笑い声。

正確に言うと、単にコンビニ弁当などを買って食べているだけだ。

凍結した交差点を、数台の車がゆっくりと慎重に行き交う。ヘッドライトが目に眩(まぶ)しい。瞬(まばた)きしたら、涙が滲(にじ)んだ。冷気とドライアイのせいで、涙が目に痛い。

札幌の中心街を東側へ少し外れたところだ。周囲はホテルや小規模な商業ビル、マンションなどが多い。夜空は繁華街が近いせいで明るく、一等星がかろうじて見えるくらい。空も道幅もだだっ広く人通りが少ない。

信号待ちをしているのは、千春の他はカップルが一組だけだ。

母の声を聞きながら、みんなどこにいるのだろうと千春はぼんやり考える。札幌は地下街が発達しているようで、雪とか雨だと特に地上を歩く人は少なくなるが、この辺りはもう地下通路もない。人がモグラみたいに地下を掘り進む様を妄想して、足踏みした。溶け残ってシャーベット状に凍った朝の雪が、ブーツの下で砕ける。

土の中の方があったかそうでいいなとか、寒さのあまりそんなことしか考えられない。

『実はね、ちょっと申し訳ないなあって思ってたのよ』

「え？」

母の言葉に引っかかり、千春はスマートフォンを持ち替えた。かじかんでしまった指はコートのポケットに入れる。

薄いスエードの手袋は、スマートフォンも操作できるし洒落ているが防寒性はそこまで良くない。次の休みには絶対買い換えようと心に誓っている。

『ほらあ、お母さん、あんたにお料理とかあんまり教えてないじゃない？　あんた、大学まではうちだったし、そのあとも寮に入っちゃったから、自炊経験ほとんどないんじゃないかと思って……もうちょっとちゃんと教えてあげられればねえ』

「やればなんとかなるもんだよ」

『偉いわぁ、りっちゃんに今の台詞教えてやりたいわ』

「……誰だっけ？」

『りつおばさんよぉ。あんたも子どもの頃会ったことあるのよ。あんたのこと心配してたの。ああ、まあ、りっちゃんはいっつも何か心配してないと死んじゃう人だから、気にしなくていいのよ。寝てても他人の心配してるんだから』

「私は大丈夫」

マグロか。と内心思いつつ、母を安心させようとできるだけ明るい声で言う。

寒くて死ぬほどくたびれておなかが減っているけれど、今日の仕事は終わった。帰ってご飯を食べて寝るだけだ。大丈夫、と呪文のように自分に言い聞かせる。

『そうよね。ただ、ほら、あんた、出発前すごく大変そうだったし。急だったじゃない、今回の転勤。前任者が退職しちゃったんだっけ？』

「ああ、うん。前任者じゃなくて候補者ね、最初の。そうだね、急だったから。でも大丈夫、もう慣れたし」

もう一度足踏み。コートの下はセーターとコーデュロイパンツにブーツ、さらにブーツの中に防寒の中敷きを入れて分厚い靴下を履いている。

それなのに、耐えられないくらい寒い。

ひっそりと息を吐き出す。白く染まった自分の吐息が頬を撫でて散っていく。

『寒いんじゃない？　声が震えてるみたい』

「外はね。でも地下鉄もお店もほんと暑くて。暖房きついの。だから外だけ頑張れば全然大したことないから」

だいじょうぶ、ともう一度念を押すのはさすがにしつこい気がして、千春は言葉を飲み込む。

『そう。あのね、自炊は勿論偉いけど、新しいお店を開拓するのも悪いことじゃないわよ。ほら、その土地に親しみを持てるようになると思うの。知らない場所が、知ってる場所になるのよ。楽しんじゃいなさいよ、ね？』

母の言葉はおっとりして楽しげだったが、千春はなんだか後ろめたくなってくる。

本当は、自炊なんかほとんどしていないのに。

千春は信号を見上げ、口早に言った。

「ごめん、信号青になったから、そろそろ切るね」

そう、元気でね、と母は軽やかに言って通話を切った。

母は変わらない。その明るさが羨ましい。明るく大ざっぱで少々ロマンティックな母から千春が受け継いだものといえば、明るめの髪色くらいのもので、学生時代は変に目立って嫌だった。

やや小柄で、地味目な化粧。髪は耳の下辺りで切りそろえて内巻き。服は白か黒かベージュかグレー。二十五歳のコールセンター勤務。それが小鹿千春だ。

垂れ目と泣きぼくろが薄幸そうとよく言われる。

札幌には、最近転勤してきた。

さて、と千春はスマートフォンをバッグにしまった。

前方には、車のタイヤで圧雪され、つるつるのてかてかになった横断歩道。

こんなところで歩きスマホなんてしてたら一発で転ぶ自信がある。実際、千春はすでに何度も転び、一度など、横を歩いていた見知らぬ通行人にスライディングしてしまったほどだ。

必死にバランスを取って、へっぴり腰で横断歩道を渡る。その千春の横を、一緒に信号待ちをしていたカップルがすっと追い抜いていく。二人とも千春よりよほど薄着だし、こんな道でも軽々と歩いているように見える。楽しそうにお喋りなんてしながら。

これも慣れなのか？

朝のことを思い出し、千春はいやいやそんなことはあるまいとかぶりをふる。

十五時間前、千春が同じ通りで見かけた女子高生は信じがたいことに短いスカートの下にハイソックスを履いているだけだった。

いわゆる、なまあし。スカートからは、腿の三分の二ほどが覗いていた。

十一月も半ばを過ぎた今日は、朝から雪が降っていたというのに。

ここは異境なんだとそれを見て悟った。

到底、自分がこの地の気候や文化に慣れられるとは思えない。

無事に道路を渡り終えると、安堵のあまり溜息をついた。

同時に、気が緩んだせいか、腹がぐうと鳴る。

「おなか減った……」

空腹がすぎて胃が痛む。

打ち合わせが延びに延びて、最後の食事からもう十時間だ。

母にはああ言ったが、さすがに今日は自炊するより早く何か食べてシャワーを浴びて布団に潜り込みたい。最近寝つきが悪くて困っていたが、今日こそはよく眠れそうな気がする。四肢と頭が重い。鉛をつけてるみたいに、足取りも不確かだ。

だが、千春のマンションは豊水すすきの駅の東側にある。

何も知らずに借りたのだが、すすきのと言ってもこの豊水すすきの駅と歓楽街として有名なすすきの駅とではかなり違う。

豊水すすきの駅は歓楽街すすきのの端っこ、住宅街にもほど近い、いわば狭間のような場所にある。すすきの駅近辺ほど店も多くないし、この時間ならなおさら開いている店は少ない。おまけに千春としては予算的にも疲労度的にもテイクアウトが望ましい。コンビニ飯は便利だが、そろそろ飽きた。

何かないだろうか。

手軽で、安くて、素朴なもの。

マンションやホテルの灯りは目に入るものの、店の灯りはなかなか見つからない。古びた靴屋とか、とっくに閉店した美容室とか……雰囲気のよさそうなバーはあったものの、千春が求める類いの店ではない。

そうしてよそ見をしていたせいで、足下を見ていなかった。

踏み固められアイスバーンのようになった路面に足を滑らせて、身体がかしいだ。

そこへ、角から出て来た人にぶつかってしまった。

「あっ」

お互いに尻餅をついて、雪混じりの水が撥ねる。

痛いよりも、冷たい。

じわっと染み込む感触からすると、ズボンのお尻はびっしょり濡れている。水たまりにはまってしまったのだ。

ああああ……という内心の呻き声を押し殺し、千春はぶつかってしまった男性に謝った。

「すみません！」

「あ、いや、こちらこそ」

勝手にこちらがぶつかっただけなのに、男性はそう言って申し訳なさそうな顔をして起き上がった。千春もズボンについた雪を払いながら身を起こし、それを見た男性は同情的な声を漏らした。

「ああ、こりゃ大変だ……拭く物は……」

「いえ、あの、持ってますから。本当にすみません……」

千春はハンカチを取り出してズボンを拭いたが、それで冷たさや不快感を拭えるわけもない。男性は千春を気にしつつ通り過ぎて行った。

千春はハンカチで拭きながら彼を見送り、ふと、首を傾げた。

後ろ姿からも彼の上機嫌は伝わってきた。こんな道を歩いているとは思えない、足取りの軽さだ。千春とぶつかっていなければ、スキップでもしていそうだ。

何かいいことでもあったのだろうか。

彼のコートのお尻も、千春同様濡れているのに。

千春は、ふとその手に提げられたビニール袋に目を留めた。


『くま弁』


袋には、そういう店名がプリントされていた。

そういえば、すれ違った時、袋からほんのりと熱気が伝わってきた。

「くまべん？」

くま「弁」ということは、あれは出来たて弁当らしい。

千春は、男性が出て来た曲がり角を覗き込んだ。

赤提灯（ちょうちん）が下がった焼き鳥屋と、シャッターが下りた古着屋の間に、その店はあった。

赤い庇（ひさし）テントには、『くま弁』という店名と、マスコットらしき動物のイラストが

見える。二階建てで、一階部分が店舗、二階が住居。通りに面して、古そうな自動ドア。

漆喰（しっくい）塗りの壁はひび割れて、枯れた蔦（つた）が絡む。

店の前には幟（のぼり）が立っていて、日替わり弁当５００円の文字。

「へー……」

手軽で、安くて、素朴。千春の条件は満たしている。ただ、こんな時間に開いているとは思わなかったが。

ちらりと覗き込むと、自動ドアの向こうにいた店員と目が合った。

グレーのハンチングと黒いエプロンを着けた若い男性店員は、ぎょっとした様子で、一瞬目を見開いた。

ほぼ同時に、千春を感知して、軋（きし）んだ音を立てて自動ドアが開いた。

入ろうかどうしようかまだ少し迷っていたが、こうなったら仕方ない。千春は足を踏み入れた。

だが――

「……いらっしゃいませ……？」

店員の挨拶（あいさつ）は、何故か疑問形に聞こえる。

まだ、店じまいのようすはないのに。

「……あの、お店、開いてますよね」

「ええ、はい。何にいたしましょう？」

そりゃそうだ。変な質問をしてしまった。

正面にメニューの置かれたカウンターがあって、奥の方に調理設備が見える。店員がいたのはカウンターの向こう側だ。

壁にも玉子焼き350円などの手書きメニューが貼られ、狭いスペースにドリンク類の売り場や待ち時間を潰すための雑誌スタンドなんかも詰め込まれている。さすがにちょっと雑然とした感じは拭えないが、よくいえばレトロで懐かしい雰囲気だ。

千春は店員をなんとなく気にしながらも、カウンター上に置かれたメニューに目を落とした。

最初に目に入ったのはザンギ弁当だ。

写真つきで、大きなザンギ――北海道地方における鶏の唐揚げ――がごろごろと入っている。日替わりのおかずも数種つく。

ああ、そういえばザンギってのも北海道っぽくていいかも。

単純にそう思って、千春はその写真を指さして言った。

「これ一つください」

「……ザンギ弁当でよろしいでしょうか？」

「？　はい」

何か含みのある言い方に聞こえる。

店員は千春の顔と、メニューを見て、また千春を見つめ、たっぷり間を置いてから確認した。

「ザンギ弁当お一つですね。少しお時間いただきますがよろしいでしょうか」

「は、はい……」

徐々に不安がこみ上げてくるが、いや、でもせっかく見つけた店だし、とか、ザンギ美味しそうだし、とか自分に言い聞かせて、踏みとどまる。

店内の壁際には椅子もあったが、濡れたズボンで汚すのも悪い気がして、千春は立ったまま待つことにした。

店員は鶏肉を揚げ始め、揚げ具合を見ながら温かなごはんと他のおかずを詰めていく。

先程の妙な応対はどこへやら、てきぱきとして手際がよい。

「お仕事帰りですか？」

働きぶりに感心していた千春は、突然の問いかけに少し驚いた。

「あ、ええ、はい」

「遅くまでお疲れ様です」

わざわざ盛りつけの手を休めて、彼は千春を見つめる。真摯に、労りの気持ちを込めて。

「え、いえ、ありがとうございます……」

正面切って言われると、なんだか動揺してしまう。

よくよく見ると店員は千春と同年代かちょっと下くらいで、背が高く、はっきりした目鼻立ちのなかなか可愛い顔をしていた。髪を短く整え、グレーのハンチングと白いボタンダウンシャツ、黒いエプロンをつけた姿は、清潔感があって、お洒落なカフェの店員のようにも見える。

くっきりとした二重瞼が特徴的な目は、ハンチングのつばの下で穏やかに微笑んでいる。作り笑いめいたところはないのに、その目で見られると胸がもやもやする。何故そう感じたのか、よくわからない。

すぐに店員は目を伏せ、調理を再開した。

「その、店員さんも遅くまで大変ですね」

動悸を感じた気がするが、千春は一目惚れをするタイプではない。たぶん違う。

「僕はそれほどでも。お店が十七時開店なんですよ」

「閉店は何時ですか？」

「二十五時です」

十七時から二十五時まで。ずいぶん遅い営業時間だ。

「お仕事帰りの方や、夜食にという方が結構いらっしゃるんです。この辺は、住宅地にも近いですから」

「ああ……」

相槌を打つ千春自身も、そういう人間の一人だ。

「利用する方からしたら便利でありがたいですね」

「そう言っていただけると。日中は近くのオフィスにもお邪魔していますよ」

「へえ。うちの会社にもお弁当屋さんが来てくれればいいんですけど。社食はあるんですけど、あんまり美味しくなくて……パンとかおにぎりとかで済ませちゃって」

店員は穏やかに微笑んだ。

彼の身体の向こうにフライヤーがちらりと見える。鶏肉は揚げ油の中で良い色になってきた。

だが――

（……気持ち悪い）

油の匂いが想像以上にきつくて、さっきまで空腹で痛いほどだったのに、今度は胸がいっぱいになってしまう。

「――今日はザンギの気分でしたか？」

突然の問いかけに、千春は驚いて顔を上げる。

「え？　ええと……どうでしょうね、そうかな。たぶん、そうですね、注文したわけですし……自分で食べるつもりなので……」

自分でも何を言いたいのかよくわからない。

正直なところ、ザンギが特別食べたかったわけではない。北海道の美味しいものっぽくていいかなと思っただけだ。今にして思えば、失敗だったかなという気はする。せめて揚げ物は避けるべきだった。

ただ、あえて食べたいものもなかった。

「ご注文いただければ、メニューにないものでもお作りできますので」

「あー……はい、そうですね、またの機会にお願いしようかな」

「ちなみに、もし今なんでも注文できるとしたら、何が食べたいですか？」

「え」

戸惑う千春を、店員は相変わらずの穏やかな、静かな目で見つめる。

「お客様のためだけに、お作りいたしますよ」

まるで口説き文句だが、別に色っぽい雰囲気はない。あくまで千春の食べたいものを聞きたいだけらしい。

「でも、注文しちゃいましたよね？」

「ええ。ですから僕の後学のために」

「……後学？」

「はい」

店員は悪びれたようすもない。

別に答えたって何が減るものでもない。千春は彼の態度に負けて、ちょっと真面目に考えてみた。

だが、あらためて問われると、難しい。

本当は自分は、何が食べたかったのだろう。

カレー、ラーメン、寿司、天ぷら、カツ、サンドイッチ、おにぎり……頭に浮かんだものはどれも違う気がする。

ぎゅっと眉根を寄せて考えたすえに——

「……かに」

気が付くと、そう口走っていた。

店員は戸惑いを見せず、尋ねてきた。

「かにのどういうところがお好きですか？」

「ええと、なんとなく……そういう気分、で……」

答えにもならない答えなのに、不意に店員は表情を緩める。

「ありますね、そういうこと」

……なんだか、喋りすぎた気がして、居心地が悪い。

かになんて、ワンコインの弁当屋にあるわけがないのに、自分でもびっくりするくらい素直に喋ってしまった。悪魔に唆されて、叶わぬ望みを口にする犠牲者みたいだ。目の前の店員には、悪魔的なところも、威圧的なところもないのに。ただ、なんというか……つい、口から零れ出た。そんな感じだ。

千春は気まずさと、それ以上の問いかけから逃れるため、隅の椅子に腰を下ろした。濡れたズボンを気にして、ハンドタオルを座面に敷く。

座ると疲れがどっと出て、もう立ち上がれないような感じがした。

店内にいるのに、隙間風があるのだろうか。ぞくぞくと寒気がする。

そして、暇だ。

スマートフォンを取り出したがすぐにバッテリーが切れた。昨夜充電を忘れていたのだから、夜まで保っただけ凄い。

本はあるが気分じゃない。

仕方ないから、目を閉じる。

じん、と頭の奥が痛んだ。

頭痛とともに最近いつも思い出すのは、四つ上の倉橋ももよの顔だ。

いつも手入れを忘れないぴかぴかの爪。

すっきりと鼻筋の通った美しい顔立ち。

何もかも、爪と同じようにぴかぴかで、輝いているような人だった。

ももよは、千春が入社以来配属されていた本社のカスタマーサポート部門の先輩だ。千春にコール対応のいろはを教えてくれた人でもある。低く落ち着いた声で話し、的確な問いかけでカスタマーの問題を解決する。彼女のチームから離れ、自分がリーダーになってからも、時々悩みを相談させてもらった。

本当はももよが札幌に行くはずだった。

それが急遽取りやめになったのは、ももよが妊娠したからだ。

急な妊娠と退職で迷惑をかけてしまったと、ももよは千春に頭を下げた。

千春はお祝いの言葉を言うことしかできなかったし、ももよの斜め後ろにいた結婚相手の近藤悟は青ざめた顔でただ口を噤んでいた。

千春はそのあと急に頭が痛くなって、早退もできず、定時まで耐えて働いた。

申し訳なさそうな、でも含みのあるももよの目付き。

あの時辞めていればよかったのだろうか。

再就職への不安とか、外聞とか、そういったものをかなぐり捨てて、辞める勇気があれば。

「こんなとこまで来なくて済んだのになあ……」

呟き、目を開けると、店員が弁当入りのビニール袋を持って目の前に立っていた。

ぼんやりしている間に、結構な時間が経過していたらしい。

「お待たせいたしました」

いえ、と千春は口の中でもごもご呟いて立ち上がる。

だが、財布を取り出したところで止められる。

「お代は要りません」

穏やかな表情ながら、きっぱりとした口調だ。

「……どうしてでしょうか？　何か間違いでも？」

「いえ、お客様のせいではありません。明日もお仕事でしょうか」

「はあ……」

「では、これを」

二つ折りのメモ用紙が、突き出される。

（……まさか、ナンパ？）

いや、難癖つけられているのだろうか。

何にせよ客の弁当をタダにするというのは普通ではない。

警戒心丸出しで、千春はバッグを抱えてじりっと後退る。

店員はそれを見ると、メモ用紙をビニール袋に入れて、千春に突き出した。

相変わらず穏やかに微笑んでいるが、なんとなく有無を言わせないものがある。

「う……」

千春はその迫力に負けて、ビニール袋を受け取ってしまう。

元来、千春は押しに弱いのだ。

「あの、でも……」

それでもなお千春が食い下がろうとした時、背後で自動ドアが開いて、新たな客がどかどかと入ってきた。

「いらっしゃいませ」

店員はそちらに挨拶し、注文を受けるためにカウンターに回ってしまう。狭い店内では居場所もなく、千春は押し出されるように外に出た。

入り口を塞がないよう脇に避けた千春は、恐る恐る、ビニール袋からメモを取り出した。

そこには、想像通り、電話番号が書かれていた——ただし、その上には、『菅原内科クリニック』の文字。下にはそのクリニックに行くためだろう地図。

「……ん？」

意味がわからない。

だが、一つわかったことはある。

ナンパでは、たぶんない。

❄

好きだと言われれば嬉しい。自分が好意を抱いていた相手ならなおさらだ。

それでまあ、多少目が曇ってしまったことは否定できない。

ももよの結婚相手でありおなかの子の父親である近藤悟は、千春の恋人でもあった。

二股をかけられていることに、千春は結婚発表のその瞬間まで、気付いていなかった。

「えっ、あっ、それはおめでとうございます！」

だから、それが恋人の裏切りを知った千春の第一声になった。

それまで千春は一度たりとも自分が浮気されているだとか、そもそも自分こそが浮気相手だとか、そんなふうに考えたことはなかった。今にして思えば、ヒントはそこら中に転がっていたのに。

混乱を取り繕って周りの同僚と一緒に二人を祝福する千春を、ももよは気遣わしげな、憐(あわ)れみに満ちた眼差(まなざ)しで見ていた。

ごめんなさいね、彼ってばちょっと結婚前に遊びたかったみたい――

ももよの目はそう言いたげだった。

そうして、退職を控えて転勤が取りやめになったももよの代わりに、千春が札幌に送り込まれることになった。千春では荷が重いのではないか、との声もあったらしいが、ももよがわざわざ推薦してお墨付きをくれたらしい。

千春は頭も心も混乱したまま、落ち着いて考える暇さえなく、転勤準備に追われた。

『美味(おい)しくてもフルコースばかりでは胃もたれするから、たまには白米と味噌(みそ)汁が欲しくなった』

後日、念のため話し合いたいと呼び出された千春は――実質ただの口止めだったが――悟からそう説明された。

千春は、もう怒りも何も湧いてこなくて、ただ、そうか、私は白米と味噌汁女だったんだな、と乾いた笑いを浮かべただけだった。

灯りをつけると、殺風景な玄関が広がっていた。

サンダルが一足出ているだけの三和土(たたき)。荷ほどきしていない段ボール箱が数個、廊下の隅に押し退けられている。

ありきたりな単身者向けのワンルーム。部屋の空気は冷え切っている。

千春はヒーターのスイッチを入れ、部屋が暖まる間にさっさとシャワーを浴びた。

髪を乾かして部屋に戻ると、ローテーブルの前に座り込む。

テーブルの上には、持ち帰った弁当。

何故持ち帰ってしまったのか、自分でもよくわからない。

とりあえずナンパではなさそうだとわかり、安堵(あんど)したのもある。店に行く前、同じ店の袋を提げたおじさんが、なんだかにこにこしていて幸せそうだったのにつられたとも言える。

とにかく、千春はあの後店に戻ると、店員の隙を突いてカウンターに五百円玉を一つ置き、帰ってきた。

「うーん……」

だが、弁当を前にして、千春は考え込む。

これを、食べるのか？

勿論(もちろん)製造過程は途中までは見ているし、あの弁当屋だって外見こそ古びていたが、店内も調理場も衛生的に見えた。

では、店員はどうだろう？　いきなり弁当をタダにして、あんなメモを渡してくるような店員がよこしたものを、食べていいのか？

どうしたものかと悩みつつ、千春はえいやと蓋(ふた)を開ける。

発泡スチロールの容器には、まだほんのり温かいごはんと、五目きんぴら、煮豆などのおかずが彩りよく詰められている。

そして、そのごはんの上にどっかりと腰を据えているのは、ザンギではなく、焼いた鮭かまだ。

鮭かま。

油の中を泳いでいるのを確かに見たはずの鶏肉(とり)は、影も形もない。

弁当の中身が違う。だから、店員は代金は要らないと言ったのだろうか。

でも、どうして、中身が違うのだろう？

「普通の鮭かま……に見えるけど」

千春は箸(はし)で鮭を持ち上げ、その下のごはんの様子も確認した。一通りおかずを掻(か)き回し、中に異物が入っていないことも確認する。

「ううーん……」

さっきから唸(うな)ってばかりだ。

千春はとりあえず箸を放り出し、弁当箱を遠ざけた。なんだか悩むうちに食欲も失せたし、他にやることもある。

テーブルの上に放り出していた封筒を手に取る。

ダイレクトメールに挟まれて、数日前に届いたのだ。小綺麗(こぎれい)な封筒は、一目見ただけで結婚式の招待状が入っているとわかる。

勿論、あの二人の式だ。

同僚を大勢招待しておいて、転勤になったとはいえ千春だけ省くわけにもいかなかったのだろう。

千春はのろのろとペンを手に取った。

「えっと、御を消して、欠席にまるをして……欠席理由……」

さすがに、新郎に二股かけられていたので欠席します、とは書けなくて、ペンが止まる。

「理由……」

ぶつぶつ呟(つぶや)きながら指でペンを回す。

どうして欠席なのかと訊かれた時、新郎新婦が口にできる模範解答はなんだろう。彼らのためではなく、本社に残してきた知り合いに、自分が冷たい人間だと思われないための言い訳。

ありきたりで、無難な、言葉――。

ひゅんぱし、ひゅんぱし、とペンを回す音だけがいつまでも響く。

なんとはなしに、千春はまた弁当を見る。ごはんとおかずの入り混じった匂いが、ふんわりと鼻先に漂ってくる。

目に留まったのは煮豆だった。

煮豆の豆は、つやつや、ふっくら炊きあがったとら豆だ。

千春はとら豆が好きだ。

主産地が北海道であることはこちらに来て初めて知った。金時豆よりも小振りだが、皮が薄く、柔らかくて後味がすっきりしている。表面に浮かぶ茶褐色の模様は可愛らしいが、虎かと言われるとうーんと首を捻りたいような気もする。

千春は役に立たないペンを置き、箸に持ち替えた。

招待状を横目に、ぱくっと一粒。

「ん」

柔らかい、ふっくら。皮も気にならない。べたべた甘すぎない。幾らでも食べられそうだ。

ひょいぱくと次々口に入れていく。

そうすると今度はきんぴらの方も気になった。試しに摘むと、甘辛めのしっかりした味付けなのに、素材の味もちゃんとする。ごぼうやにんじん特有の土臭さがうまく生かされている。有機野菜とかを使っているのだろうか。それとも下ごしらえの差だろうか?

ごはんも食べたくなる。確か店の前に置かれた黒板には北海道産米の名前が書かれていた。ゆめぴりかだったか? もちもち。口に入れた途端、社食の米との違いに驚く。単に米がいいだけではなく、炊き方も違う気がする。そういえばあの店には釜があった。そうか、釜炊きか!

「白米万歳……!」

いつの間にか千春は招待状を押し退け、弁当箱を引き寄せて、抱え込んでいた。

箸はスムーズに鮭に向かう。

だが、そこではたと動きを止めた。

なんだかんだ言って、結局食べてしまっている——しかも、結構な勢いで。

ここしばらく、千春は食欲をなくしていた。夕食だってこうして弁当など買ってくるのだが、食べきれず残していた。

それなのに、あの変な店員から渡された怪しい弁当を、掻き込んでいる。

……本当にいいのか？

まだ少し、千春の中には葛藤が残っていた。

だいたい、どうして鮭かまなのか。

鮭かまなんて、千春の技量では箸だけでは食べられそうにない。手が汚れてしまうだろう。手を洗わなければ、招待状の返事も書けない。面倒なものを詰めてくれたものだ。面倒といえば、そもそも、なんだって招待状の返事なんかに煩わされなければならないのか。あんな男に騙されて馬鹿だったとは思うが、不平も言わず転勤を肩代わりして、白米と味噌汁女だったと言い放たれて、それでもなおこんな目に遭うなんて！

「あー、もう、腹が立つ！」

千春は苛立ちのままぶっすりと鮭かまに箸を突き刺し、そして結局、身をほじくり出した。

左手も使い、骨からこそげとった身を、一口食べる。

……美味しい。

脂はよく乗っているが、焼き方のおかげかべたべたした感じはない。鮭の豊かなうまみが口の中に広がる。ご飯が食べたくなって、交互に食べて行くと、腹の底から、じわじわと熱がこみ上げてくるような感覚が生まれる。どうしてあの店員がこの弁当を選んだのかはわからないが、その選択は正しかったように思える。

彼は千春のために、この弁当を作ってくれたのだ。

じわじわ、じわじわ。なんてことだろう。目頭まで熱くなる。

じわ、と染み出た涙を拭い、千春は鮭を食べる。

好意を素直に受け取れない自分が情けなくて、お弁当が美味しくて、涙が、滲む。

翌朝、千春は出勤の前に、郵便ポストに招待状の返信はがきを入れた。

御を消して欠席を○で囲み、その下の空白には、ただこう書いた。

「鮭が美味しいので、欠席します」

欠席理由なんて新郎新婦に好きに言わせておけばいい。それで周りに自分がどう思われようと知ったことか。

ポストに入れるまでは少し怖かったが、入れてしまったあとは、なんだかすっきりして、気が楽になった。

翌日、千春は再び『くま弁』を訪れた。

「昨日は申し訳ありませんでした」

店長の熊野と名乗った七十歳くらいの男性が、昨日の店員と一緒に丁寧に頭を下げた。

千春は店の奥に通されていた。従業員の休憩室として使っているのか、それとも店長宅の居間なのか、そこは六畳ほどの畳の部屋で、ちゃぶ台と、テレビと、濃い茶色の家具で埋まっていた。

……視線を感じて振り返ったら、招き猫と貯金箱の豚とこけしが棚の上からこちらを見ていた。

千春は咳払いをして姿勢を正す。

「あの、別に苦情を言いに来たわけではないんです」

「しかし、こいつが弁当を取り違えちまったと聞きましたが」

事前に店員が話していたらしく、店長も一通りの事情はわかっているようだ。

千春は説明に困ってしまう。

「それは事実なんですけど、文句を言いたいわけではなくて、何故そうしたのか、伺いたいだけなんです。私なりに理由は考えたんですが、やっぱり店員さんの口から教えていただきたくて……」

小柄で禿頭の店長が、隣に座らせた店員をじろっと見る。

店員は咳払いを一つして、語り出した。

「昨夜お客様がいらっしゃった時、正直、びっくりしました。顔色も悪くて、ふらついていらっしゃったので。酔っているごようすもないので、相当具合が悪いのではないかと推察しましたが、ご注文はザンギ弁当でした。作っている最中にも、お客様は揚げ油の匂いに反応していらっしゃいました。かといって話を伺った限りでは、どうもご自分で召し上がるつもりらしい、と。率直に申し上げると、体調不良でザンギはあまり賢い選択とは言えません、っ」

店員が店長に脇を強めにどつかれて息を呑んだ。

「客が食いたいもん出すのが仕事だろ。馬鹿とか言ってんじゃねえよ」

「そこまでは言ってません」

店員が不満そうに反論した。

だが、もし正面切って馬鹿と言われていても、千春は腹を立てなかっただろう。

何週間もの間、夜は眠れなかったし、食欲だって落ちていた。転勤した直後で仕事も周りに尋ねてばかりで、心苦しい状況が続いていた。何より、浮気男の浮気に付き合わされて陥ったこのどん詰まりの現状に、鬱々とした気分を溜め込んでいた。

くわえてこの寒さだ。体調くらい崩す。

頭痛が酷くて、寒気もあったから、たぶん熱も出ていた。

自分の体調不良にまったく気付いていなかったわけではないが、無視していたのだ。

店員は淡々と語った。

「それで、気が付いたら鮭かまを焼いていました」

「唐突な……」

「ええ、まあ、さすがに僕もそう思います……」

彼は遠い目をして、自嘲気味にそう呟いた。

「とにかく、注文とは違う品でしたから、お代はいただけません。それであああいうことに」

「あの、病院の連絡先を教えてくださったのは？」

「ユウ君、そんなことまでしたのかい」

店長がびっくりしたというよりは、呆れたようすで呟いた。

「あれは、あまり体調が優れないようでしたら、病院に行かれた方が良いのではないかと思いまして。いざ何かあってからでは、病院を調べるのも結構大変なものですから。それに、もしかしたら転勤や出張でいらした方なのかと思いました」

「どうして、そう思ったんですか？」

「こちらにいらっしゃるのを店の中から拝見してましたが、歩き方が違います。僕も人から教えてもらいましたが、足の裏全体で地面につくようにした方が、転びにくいと思いますよ」

そんなことでわかるのか、と千春は驚くが、何故か店長も感心している。

「そんなんでわかるのかい？　へえー」

やはりこの店員の観察眼は一般的なものではないらしい。

そのとき、ちりんちりんとカウンターの呼び鈴が鳴った。

それを聞いて、店長が再度頭を下げた。

「申し訳ありません。話の最中ですが、私ども二人しかいないもので……」

「いえ、こちらこそお忙しい時に突然お邪魔して申し訳ありません。あの、あと少しだけ、こちらで店員さんからお話伺ってもよろしいでしょうか？」

店長がまた頭を下げて腰を上げ、千春は店員と対面で残された。

部屋はぽかぽかと暖かい。石油ストーブが傍らにあって、熱を部屋に送り込んでいる。

最初はこけしや招き猫が気になったが、過ごすうちにだんだん気にならなくなってきた。店のバックヤードというよりは、親戚（しんせき）の家みたいな感じだ。

「このたびは申し訳ありませんでした。お代はいただけませんので、お返しします」

先程店長からユウ君と呼ばれていた店員は、そう言って封筒をちゃぶ台の上に置いた。

千春は封筒を見つめ、それから店員を見上げて尋ねた。

「ああいうふうに、お弁当を作り替えること、よくあるんですか？」

「いいえ？」

店員は驚いたように目を瞠（みは）って答えた。

しょっちゅうあったら、とっくにくびにされています、と彼はもっともなことを言って、店長が出て行った扉をちらりと見た。

「……そんなに、昨夜の私は、その、普通じゃない感じでしたか？」

「ええ」

苦笑を浮かべて、彼は千春を見つめた。

「お体、大丈夫ですか？」

実のところ、千春はここに来る前に、メモの病院に行き、風邪と過労との診断を受けて、薬ももらっていた。

彼の指摘通りだ。千春は自分の身体を大事にしていなかった。

昨夜も電話で心配してくれていた母に、申し訳ない。

千春はぽつりと呟いた。

「…………転勤です」

なんのことか、と店員は千春の目を見返す。

くりっとした目で見つめられると、なんとなく落ち着かない気持ちにさせられる。

昨日はわからなかったが、それはたぶん、彼の何もかも見透かすような雰囲気のせいではないだろうか。

「……さっき、私のこと、転勤や出張じゃないかっておっしゃってましたよね。ちょっと前に、転勤してきたんです。こっちは本当に寒くてびっくりしました。空気が骨の髄まで染み込むようで。地下鉄とかお店の中は嫌になるくらい暖かいのに、外に出て空気を吸うと、身体の中身が入れ替わるみたいな冷たさで。考えてみれば、こんな慣れない気候で、無理してたら、体調だって崩してしまいますよね。自業自得というか……」

店員は、千春が何を言っても穏やかな、落ち着いた表情をしている。

千春は自分でも何を言いたいのかよくわからなくなって、とにかく一番彼に言いたかったことを告げた。

「美味しかったです」

　ぱっちりと、彼は目を見開いた。

「お弁当、全部食べました。揚げ物じゃなくて、良かったと思いました。ごちそうさまです。だから、お代は払わせてください。それから……実は、またお弁当買いに来たんです。今日のお勧め教えてください」

　意外と大きな口がゆっくりと横に広がる。彼はくしゃっと顔を潰すようにして笑った。

「かしこまりました。メニューを持って参ります。ちなみに僕のお勧めは、鱈と冬野菜のゆずあん弁当です」

　ごくり、と千春は唾を飲み込んだ。

「じゃあ、それを一つお願いします。お店の方にいますから」

「いえ、こちらでお待ちいただいても……」

「あ、ええと、大丈夫です、外で待ちます」

　千春としても、これ以上彼らに迷惑をかけたくはない。

　休憩室から店の方へ出ると、カウンターの前には見覚えのある男性がいて、店長と世間話をしていた。昨日、千春がぶつかってしまったおじさんだ。

「あ」

　思わず声を上げると、向こうも気付いて会釈してくる。千春も会釈を返し、新しい客がやってきたので一旦外に出た。店内は大人が四人も入ればいっぱいになってしまうから、注文を終えた人が他にも同じように外に出て弁当を待っていた。

昨夜より早い時間だったせいか、店はあっという間に混雑し始めた。

鼻先に冷たいものが触れて顔を上げると、雪が降ってきた。

「お客さん、こっちどうぞ、ほら、庇の下」

店先に出て来た店長に呼ばれて、慌てて千春は赤い庇テントの下に入る。

他の客も同じように狭いスペースで肩を寄せ合うようにして、雪を見上げる。

「降ってきたねえ」

「そろそろ根雪になってくんねえかな」

「おじさん、いつものちょうだい。玉子焼き」

「はいはい」

わいわいと、メニューを手に注文を取りに来た店長が、客と賑やかに言葉を交わす。

店員はせわしなく店内で働いている。千春はあまり寒さを感じていない。むしろ、狭いところに密集して、人いきれでじわじわと熱が伝わってくる。あの鮭の優しさのように。じわじわと。

千春のそばでは、新しく来た客がメニュー片手に弁当を選んでいる。それをなんとなく横目で眺めて、千春はおやと思った。

鮭弁当の写真はあるが、かまではない。

（まあ、食べにくいものね。普通の切り身の方が好まれるはず……？）

では、何故、あの店員は千春の弁当に鮭かまを入れたのか。

単に鶏の脂がきつそうなら、鮭の切り身でよかったはずだ。

食べにくい……？

思い返せば、ここ数日千春は食べる時に必ず何かを弄っていた。スマートフォンだったり、本だったり、色々だが。そうしていないと余計なことを考えてしまいそうだったからだ。何か思い返して落ち込むくらいなら、他のことで思考を埋めていた方がいい。そう思っていた。

消化に悪いことはわかっていても止められなくて、たぶんそのせいで余計食欲が落ちていた。

だが、昨日の弁当を食べている時は、何もできなかった。鮭かまのせいで手が脂で汚れて、何も触れないから、仕方なく弁当に集中していた。そうしていつの間にか完食していた。鮭の身をほじくるのに必死で、余計なことも考える暇はなかった。

そう。集中していた。

――もしかして、普段の習慣に、気付かれていたのか？

自分は彼になんと言っただろう。大した話はしていない。せいぜい、社食がまずいからおにぎりとかパンとかで済ますとか、その程度だったはず。まさか、そこから推測したのか？　パンもおにぎりも、片手で食べられる。もう片方の手は他のものを弄れる。

「あ」

かにだ。

千春は彼にかにが食べたいと言った。

かにを食べる時、人はかにの身をほじることに集中しがちだ。

その時の千春は、黙々と、ただかにの身をほじることに集中したかった。集中して、他のことを忘れたかった。その願望に、気付かれたのだ。

店にかにはなかったから、だから彼は。

「小鹿様」

店内から呼ばれて、千春はカウンターの前に戻る。あの若い店員が、カウンターの向こうで弁当をビニール袋に入れて差しだしてくれた。名前は、さっき千春が名乗ったのを覚えていたのだろう。

「お待たせいたしました。鱈と冬野菜のゆずあん弁当、五百円になります」

「…………」

彼が、気遣ってくれたというのか。

わざわざ千春にながら食いをさせないために、切り身の中から、手が汚れる鮭かまを選んで焼いてくれたのか。食べている時は余計なことを考えずに済む、鮭かまを。

純然たる善意で。

ただの一見の客相手に。

「…………」

信じがたい思いで彼を見上げる千春に、店員は――胸の名札には大上とある――笑いかける。口を開く。店長は彼をなんと紹介してくれたのだったか、オオガミか、オオカミか――呼び名はユウ君――。

「新しいことたくさんできますよ」

彼はゆっくりと、温かみのある声で語りかけてくる。

「きっと、そのために新しい土地に来たんですよ」

――新しい土地に。新しいことをするために。

千春はまだ呆然としてうまく回らない頭で、彼の言葉を繰り返し、嚙み締めた。

追い出されるように北海道に来た。逃げているみたいだと心の中で思っていた。知らずに浮気に荷担してしまったことが後ろめたくて、理不尽さを受け入れていた。

でも、とにかく、どんな経緯でも千春はここに来たのだ。

ここで千春は生き直す。

新しい場所で、新しいことをして。

その先に、新しい自分がいるんだ。

あったかい。

あったかくて、幸せで、胸がちくちくと痛い。急に温められたしもやけの手が痛むみたいに。

そうして、その温かさに押し出されるように、ごく自然に――

「あ」

涙がぼろりと目から零れ落ちた。

「――小鹿様？」

千春の顔を覗き込み、一瞬驚いたように店員が目を見開く。

千春は顔を擦って目元にたまった涙を拭った。

人前で泣くなんて、あの最悪の別れの時でさえなかったのに。

彼の弁当を食べてから、涙腺が緩みっぱなしだ。

なんだかおかしくて、情けなくて、えへら、とたぶんちょっと間抜けな顔で笑った。

「ありがとうございます」

千春の笑みに釣られたように、彼は笑顔を返してくれた。

「またのご利用をお待ちしております」

ユウの笑顔は穏やかで安心できる。

大型犬のような人懐こい笑みの彼に、千春の涙も引っ込んだ。

涙を見られた気恥ずかしさはあったものの、ほかほかのお弁当がそれさえも癒やしてくれる。

いそいそと人の合間を縫って店の外に出た。

毎度ありがとうございました、という店長の声も背中を追いかけてくる。千春は振り返って、感謝を込めて頭を下げた。

外から見たくま弁は明るく、肩を寄せあう人々で、雪の夜の待避所のようだ。

電話での母の言葉を思い出す。

昨日知らなかった場所が、今日は知っている場所になった。

街灯に照らされて、雪が落ちる。

千春の上に、アスファルトの上に、くま弁の赤い庇の上に、溶け残った雪の上に。

そうして、いつしか、白銀色のほんとうの冬が来るのだ。

•第二話• あまなっとう赤飯あまなっとう抜き

自動ドアが軋(きし)みながら開く。

カウンターの向こうにいたユウは、千春に気付いて笑みを浮かべた。

「いらっしゃいませ」

「こんばんは」

凍えるような外の空気が嘘のように、店内はほっとする温度に保たれている。

何よりユウの笑顔を見ると胸がぽかぽか温かくなってくる。寒さで強張(こわば)っていた全身の筋肉が解(ほぐ)れていくようだ。

千春が弁当屋『くま弁』に通うようになって三ヶ月ほどが経つ。

店員のユウとも最近は少し打ち解けて、何気ない話が続くようになってきた。

その日も二十一時頃にやってきた千春は、巻いていたストールを暖気のために心持ち緩めてカウンターへ歩み寄り、ユウに笑いかけた。

「冷えますねえ」

「急いでいるんですけど」

ユウの返答を遮るように、急にそんな声が脇から聞こえてきた。

小柄な女性客が、壁に凭(もた)れて立っている。

千春に少々お待ち下さいと断って、ユウは女性の接客をする。

「お待たせいたしまして申し訳ありません。こちらお赤飯お一つで三百五十円になります」

「……ふん」

女性客は会計を済ますと、ビニール袋を奪うようにして店を出て行った。

目を引く美人で、千春は思わず、見とれてしまった。

マスクで顔の半分が見えなかったが、きゅっと目尻のつり上がった両眼は零れ落ちそうなくらい大きく、肌にも透明感がある。長い黒髪は毛先まで艶々で、パンツスタイルにフェイクファー付きのモッズコートというラフな恰好だったが、歩く姿はモデルみたいに綺麗だった。

小鹿様、とユウに呼ばれて、ようやく我に返る。

「お待たせいたしました。ご注文お決まりでしたらどうぞ」

「あ、はい」

千春は週に二度くま弁に通っている。

休日くらいはできるだけ自炊をして、他にも休日の作り置きがある日や、早番の日などは帰って作る。シフト制の仕事とはいえ社員の千春には残業もあって、遅くなってしんどい時はくま弁の弁当を一日の終わりの楽しみに乗り切る。

くま弁の弁当は不思議だ。いつも食べるたび幸せな温かさが胸の奥に広がる。

その中でも玉子焼きは格別だった。弁当のおかずの一つとして入っていることもあるが、千春は単品で買うのが好きだ。一本の半分が小さな透明パックに入っていて、半量とはいえ十分なボリュームがあるそれをゆっくり味わいながら食べるのだ。

そのときの感動をなんと言い表せばいいのか。

ふわっとした食感は昔絵本で読んで想像した『ぐりとぐら』のカステラみたいだ。卵の優しい味とだしの風味が広がって、飲み下したあとまでしばらく幸せ気分でいられる。

居酒屋で出て来るだし巻きも好きだが、くま弁の玉子焼きはそれより少し甘めの味付けでそこがまたよかった。

週に二回ずつ、五回連続で買ったが、できることなら毎日でも食べたい。

その日も千春は、弁当と一緒に玉子焼きを注文した。

「あの、玉子焼き、すっごく美味しいです、いつも」

「ありがとうございます」

ユウは冷蔵庫から玉子焼きのパックを持ってくると、それを袋に入れる。温かな弁当とは別の袋だ。

残念ながら、千春はまだ彼が玉子焼きを焼くところを見たことがない。狭いし、店長はしょっちゅういなくなるし、ユウが一人で調理するのは限界があって、玉子焼きは作り置きしてあるらしい。

冷めてあれだけ美味しいなら、焼きたてってどうなるんだろう、というのが最近の千春の興味だ。

「自分でも作るんですけど、全然うまくいかなくて。出汁たっぷりだと崩れちゃうんです」

「出汁はあまりたくさん入れると巻きにくいですよ。鍋はしっかり焼いて、油を馴染ませてから卵液を入れてください。あとは練習ですよ」

そうして無駄に費やされていく卵液を思って千春はうーんと唸った。失敗しても勿論食べるが、失敗作を食べているときのあのやるせない気持ちはいかんともしがたい。

ユウが肩を竦めて付け加えた。

「……とまあ、偉そうなことを言いましたが、実は当店の玉子焼きは店長がお作りしています」

「そうなんですか！」

そういえば話題の熊野は今日も姿が見えない。開店すぐや混雑時はカウンターの中にいることが多いが、暇な時間帯はだいたい近くの温泉入浴施設に入り浸っているらしい。

「でも、店員さんの玉子焼きも食べてみたいですね」

何の気なしにそう漏らすと、ユゥは千春を見つめ、照れ臭そうに目を細めた。二重まぶたと長い下睫で縁取られた目元は涼しげで印象深く、映画俳優か何かのようだ。帽子の鍔が影を落とすのが勿体ない。

見つめ合ったそのとき、千春の後方から自動ドアの開く音とか細い声が聞こえてきた。

「ユゥ君……」

「いらっしゃいませ、黒川さん。どうされましたか？」

振り返ると、見たことのある常連客が入ってくるところだった。

黒川と呼ばれている男性だ。いつも上質なコートを着込んでいて、動きと共に、香水とアルコールと煙草の匂いが渾然一体となって漂う。千春は話したことはないが、ユゥや店長とは顔なじみらしく、よく楽しそうに娘の話をしているのが聞こえてくる。

彼の足下はふらついていた。

今にも死にそうな体で、彼はカウンターにもたれかかった。黒髪が、癖なのかパーマなのか、うねって額にかかっている。口髭は整えられて、精悍な顔によく似合っていた。

彼は見た目に似合わない、今にも消え入りそうな声で言った。

「玉子焼き一つ……」

「申し訳ございません、本日の玉子焼きは売り切れました」

「ええええっ」

黒川の悲痛な声が耳に痛い。

千春は自分が提げるビニール袋の中を思った。これが最後の一つだったらしい。

「僕でよければお作りしますが」

「やだよ……店長のが美味しいんだもん……ああ最後の望みも……」

黒川は消え入りそうな声でそう言って、カウンターに顔を伏せて肩を震わせ始めた。

彼の事は何度か店で見かけているが、こんな姿は初めて見る。いつも黒川は明るく、話し上手で、笑っていた。

千春は驚いて、おろおろし、ユウと黒川の様子を交互に見て、とりあえず黒川に声を掛けた。

「だ、大丈夫ですか、あの……」

対照的に、ユウは平然として、というか、冷めた様子で言った。

「いいんですよ、小鹿様。その人優しくすると面倒ですから」

「えっ、でも、その、具合でも悪いんじゃ……」

「聞いてくれますっ⁉」

「⁉」

勢いよく顔を上げた黒川にごく自然に手を摑まれて、千春は思わず息を呑んで手を引っ込めた。すぐに黒川は千春から手を放した。

「これは失礼。実は先程とってもショックなことがありましてね」

黒川は急に姿勢を正し、カウンターに肘を置いてやたら恰好を付けてみせた。

ユウは溜息混じりに彼の先手を打った。

「小鹿様、その人の話は聞かなくていいですよ。どうせまたお嬢様と喧嘩になったんですよ」

「あっ！ こら、勝手にばらさないでよ！ 僕が話したかったのに！」

「その方が聞いてて楽しいでしょ⁉」

「盛りに盛って？」

ユウはしらけた目で黒川を眺めた。

「見上げたショーマンシップですが、そんな話のネタにされたと知ったらお嬢様が悲しみますよ」

「うっ……い、いや、知るすべはないはずだし」

千春は目の前で展開されるやりとりにただ驚いていた。

ユウはどちらかというと穏やかな人だと思っていたから、客相手にここまできついことを言うとは想像していなかった。

千春の視線に気付いたのか、黒川がカウンター越しにユウの肩を摑んで千春に言った。

「あっ、僕たち、仲良しなんです。ユウ君が店入る前からだもんね。ユウ君、これでちゃんとまともな接客もできるから安心してくださいね～！」

ユウは肩を摑む黒川の手首を摑んで丁寧な仕草で引きはがしつつ、千春に謝った。

「申し訳ありません、小鹿様。騒がしくしてしまって……」

「痛いっ、手首、決まってる！」

「はは、黒川さんはまた大げさに言って──いつもこうなんですから。さ、小鹿様はお気になさらず。なんでしたら黒川さんにはお帰りいただいても──」

「あのっ、た、玉子焼きなんですけど！」

「え？」

黒川が、千春と、鼻先に差し出されたくま弁の袋を見て目を白黒させた。

「よかったらどうぞ。今私が買ったんですけどお譲りします」

「え、いいの⁉」

「よくありません。これは小鹿様のです」

「大丈夫です。あの、もしさっきおっしゃってたように店員さんが作ってくださるんなら、私はそれで……」

千春はむしろそっちの方が食べてみたい。焼きたての玉子焼きを食べるという、ここ三週間の望みが叶うのだ。

「でも、ユウ君のより店長が作ったやつの方が美味しいですよ」

「そんなこと言うの黒川さんだけです」

「僕って正直だから」

「わっ、私も店員さんの玉子焼き食べてみたいんです。ですから、是非、是非……！」

ちょっと鼻息が荒くなってしまった。

結局、ユウは申し訳なさそうに頭を下げて千春の差し出す玉子焼きを受け取り、黒川のために会計し直した。

「お会計三百五十円になります」

「おねえさんありがとうねえ。これで娘の機嫌取れますよぉ。いやあ、娘のプリン食べちゃってから口聞いてもらえなくてねえ……」

「……いえ、あの、頑張ってくださいね」

「ならプリン買っていってあげればいいじゃないですか」

千春がちょっと言いにくかった感想を、ユウがぼそりと漏らした。

ぅえっへっへ、と黒川がご機嫌で笑った。

「でもこっちのが効果があるんだよ〜。それじゃあねえ。ありがとう」

ユウは溜息混じりに黒川を見送って、あらためて千春に頭を下げた。

「申し訳ありません」

「えっ、いえっ、別に全然……大丈夫です。楽しい方ですね、さっきの、あの」

「黒川さんですか？　ええ、よく通ってくださるんです。ああいう方で……ご不快になられたら申し訳ありません。今後は──」

「いいんですって。私が勝手にやったことですし、私は店員さんの玉子焼き食べられるならそれで……」

「……ありがとうございます」

ユウは照れたように目を伏せて、いそいそと玉子焼きの準備を始めた。

冷蔵庫から卵、それに出汁(だし)らしき容器を取り出し、ボウルと玉子焼き鍋を用意し……残念ながらコンロは奥まったところにあって、カウンターから幾ら覗(のぞ)き込んでも千春に見えるのは背中だけだったが、やがて焼き音といい匂いが漂ってきて、千春の胃を優しく刺激した。

焼けるのを待つ、うずうずとした時間は、遠足の前みたいだ。

そういえば、母はいつもお弁当に玉子焼きを入れてくれた。子どもの頃の甘い玉子焼きは、高校生になると出汁巻きになっていて、その扱いの差が少し嬉(うれ)しく、でも、たまにはあの甘い玉子焼きも食べたいな、と懐かしくも思っていた。

くま弁の玉子焼きの優しい風味に、そういうあれこれを呼び起こされる。

「小鹿様」

いきなり呼ばれて、千春ははっと目を開けた。いつの間にか目を閉じて匂いを嗅ぐことに集中していた。

「小鹿様、お待たせいたしました。お会計は先程お済みなのでお品物だけ失礼します」

「あ、ありがとうございます」

千春はビニール袋を受け取り、ん、と一瞬違和感を覚えたが、ユウが目配せを一つしただけで何食わぬ顔で新しい客への接客を始めてしまったので、確認しそこねた。

ユウに軽く会釈して店から離れ、そっとビニール袋の中を覗き込む。

「あ……やっぱり」

そこには、千春が購入した小パックではなく、一本まるまるの玉子焼きが入っているだろう、発泡スチロールの大きなパックが入っていた。

ユウの目配せからすると、わざとなんだろう。

千春が店長の玉子焼きを譲ったから——もしかすると、食べたいと言ったことへのお礼もあるのかもしれない。

千春は家路に就いたが、あまりに浮かれていてアイスバーンに足を取られ、一度盛大にすっころんだ。

いつも透明パックの玉子焼きが今回に限って発泡スチロールタイプの容器なのは、たぶんあつあつだったからだろう。千春は蓋(ふた)を取り、まだ湯気さえあげる玉子焼きに自然と口角を上げた。

玉子焼きを前にして一人でにやにや笑っているなんて、妙齢の女としてどうなんだと突っ込まれそうな気もするが、千春はただただ嬉しい。幸せだ。

一口大に切ったところで、また湯気が上がる。

千春はふうふうと息を吹きかけ、出汁がたっぷり含まれてふるふると震えるそれを口に運んだ。

翌日、くま弁に行った千春は、かなり興奮して、感想を告げた。

「玉子焼きすごい美味しかったです！　味付け同じだと思うんですけど、やっぱりふかふかで、でも、ああ、なんだろう、ちょっとやっぱり違ってて、でもそれがよくて！」

ユウは照れ臭そうにはにかんで何か言いかけたが、それを制するように、割って入ってきた人物がいた。

先に来店していた黒川だ。

「それはですね、焼きたてだからなんです。焼きたてよりも、少し置いたくらいの方が馴染(なじ)んでしっとりするんです。元々お弁当の玉子焼きですからね、冷めてから食べることを想定した味付けなんですよ。なので私としては冷めてから食べることをお勧めしますね。まあでもやっぱり一番は店長の玉子焼きなんですが」

「へ、え、あっ、はい……」

べらべらと得意げに喋(しゃべ)る黒川に、千春は軽く引いて身構えた。ユウが渋い顔をする。

「黒川さん。店内での迷惑行為はおやめください」

「僕が話しただけで迷惑行為扱いなの!?」

「うちの店のお客様を引っ掛けていったことあったじゃないですか……」

「人聞きの悪いこと言わないでよ！　あれはそうじゃなくて――」

流れに逆らうように、千春は割って入った。

「あっ、いいえ、大丈夫です。いらっしゃると思わなくてちょっとびっくりしただけです。私こそ、あの、美味しくて興奮しちゃって……」

「ほらあ、このおねえさんもそう言ってるし。ユウ君は黙っててー」

「なら言い方を変えますが黒川さんはちょっと口を閉じてください。僕が小鹿様とお話したいんです」

「ん？　そういう……」

「そういうのでもありませんから黙っててください」

　どういうのだ。千春もわけがわからなくて曖昧な表情で立ち尽くす。

　ユウは咳払いを一つして、千春に向き直った。

「失礼いたしました。……そのようにおっしゃっていただけて嬉しいです。今後もどうぞごひいきに」

「はいっ、いえ、いつもごちそうさまです」

　千春は感謝を込めてふかぶかと頭を下げた。

「こちらこそいつもごひいきくださってありがとうございます」

　ユウも頭を下げてくる。二人して顔を上げ、目が合ってなんだか同時に笑ってしまった。

　いつも通り注文を終えた千春がふと視線を感じて振り返ると、黒川がやけににやついた顔で千春たちを見ていた。

「若いっていいねえ」

「えっ、あ、いえ……？」

「黒川さん。変なこと言わないでくださいね。そういうのが迷惑行為って言うんですよ」

「若いって事実を言っただけだよ。そういえばさ、もうすぐアカネちゃん誕生日なんだけど」

「お幾つでしたっけ」

「十三歳ね。プレゼント何がいいかなあ、あのくらいの年の子って何が嬉しいんだろ」

「さあ……」

困惑気味にユウが首を傾げる。そこではっとしたように黒川は千春を見やった。

「そうだ。おねえさんがこの中では年齢的にも性別的にも近いんですよね」

性別的に近いというか性別的には同一のはずなんですけど。

「アカネって、うちの娘なんですけど。字は草冠の茜ね。それで、十三歳くらいの頃って何をもらうのが嬉しいものですかね？」

「え、ええ……？」

「ちょっと、黒川さん」

「あ、いいんですけど、ええと、でも……急には……」

ユウが本気で怒った顔で黒川を睨みつけた。

「ほら、困らせないでください」

「だってさあ、消えものでいいって言うんだもん。形になるようなのはいらないって。どうせパパのセンスじゃ壊滅的だしって」

「だから豚のイラストのTシャツなんてやめろって言ったんですよ……」

「クリスマスのね……いや、部屋着にはしてくれてるんだけどさ」

「それだけでも優しいですよ……あれはないです、絶対……」

　豚と言ってもデザイン次第だが、いったいどんなTシャツだったのだろう……心底茜ちゃんとやらに同情したようすのユウを見て、千春は少し恐ろしくなった。

「まあとにかく、それで消え物でも、入浴剤とかじゃなくて食べ物がいいってことになって。どこかレストランとか〜と思ったら、そうじゃなくて家でパパと食べたいって。外じゃゆっくりできないから。だからってまたここの玉子焼きってわけにはいかないじゃん？　いや、うまいけど」

「そりゃそうでしょうね。普通に考えたらケーキとか、そういうのじゃないんですか？」

　ユウの提案に、黒川は唸って首を捻る。

「う〜ん、でもケーキ買ってったら怒られるんだよね」

　千春は少なからず驚いて尋ねた。

「甘いの苦手な子なんですか？」

「まあ、ちょっと。少なくとも今はダメって言われてるんですよ～」

もしかして病気、とかなのだろうか。気になったが、聞きづらい。

ユウが注文の弁当をビニール袋に入れながら提案した。

「じゃあ、黒川さんが作ってあげるのはどうですか？」

「料理？　そうだねえ……そういうのでいいのかなあ……？　ねえ、おねえさんは、どう思いますか？　誕生日に親父の手料理とか、うざいとか、重いとか思いません？」

千春は面くらいながらも答えた。

「素敵だと思いますけど……私もここの玉子焼きすごく好きですけど、食べるとあの、全然似てないのに母の玉子焼き思い出すんです。そういう……なんていうんでしょう、特別お嬢さんがお好きな料理とか、作ってさしあげるのは、悪くないんじゃないかなと……思いますが……」

黒川家の親子関係まではわからないから、千春もなんとも答えにくい。

だが、黒川はにっこりと笑った。

「お母さんの玉子焼きですか。素敵ですね」

「あ、いえ、本当に似てないんですけど、でも、なんとなく……」

「そう。お母さんお元気？　大事にしてあげてくださいね」

「はい……」

少しだけしんみりした雰囲気になったが、すぐに黒川は明るい声でユウに話を振った。

「ねえ、ユウ君はどう思う？」

「さあ、僕は……中学の頃にはどちらかというと作る側でしたから。でも、たぶん……」

ユウは小さく笑みを漏らして言った。

「それでいいと思いますよ。喜んでもらえるといいですね」

「……うん、ありがとう。ちょっと考えてみるよ」

「玉子焼き大パックお一つと日替わり弁当お一つで千百円になります」

「はいはい」

会計を済ませた黒川は、ビニール袋を手ににこにこ笑顔で店を出る。

見送ったユウが、カウンターを拭きながら千春に言った。

「お母様の玉子焼きを思い出していただけるなんて、嬉しいです」

「えっ、あっ、すいません、失礼なことを……」

「そんなことありませんよ。光栄です」

「いえっ、店長さんの玉子焼きもユウさんの玉子焼きも本当に美味しくて、ただどうしてか懐かしくなってしまって……」

「……いえ」

にこりとユウが微笑む。千春はハッとして言葉を飲み込んだ。

ユウさん。

黒川に釣られたのか、名前で呼んでいた。

馴れ馴れしいことをしてしまった気がする。千春はいたたまれなくなって俯き、ふと足下に落ちていた黒い手袋に気付いた。

「あれ、これ落とし物ですね」

「ああ、お預かりします。これ黒川さんのですね」

「あっ、じゃあちょっと見てきます、まだそこら辺にいるかも」

「え？　いえ、小鹿様――」

千春は手袋を手にしてばたばたと自動ドアから外に出た。

すると、ちょうど戻ってきた黒川と出くわした。

「あ、あの、落とし物です」

「あれ、届けにきてくれたんですか？　僕も今気付いて戻るところだったんですよ」

ありがとうと黒川は笑って手袋を受け取る。この寒さだ、手袋をはめて帰るんだから、当然すぐに手元にないことに気付いて戻ったのだろう。

「おねえさんにはお世話になりっぱなしですね。玉子焼きも譲ってもらっちゃいましたし」

「いえ……あ、あの」

千春は、ちらっと店の方を見やって言った。

「店員さんって、名字、なんて読むんですか？　オオカミですか、オオガミですか？」

「ええ？」

黒川は不思議そうに眉を顰める。

「本人に訊かないんですか？」

「えっと、実は前に聞いたんですけど、忘れてしまって」

「オオカミ、ですよ。濁らない方」

「あ、そうですか。ありがとうございます」

「別にユウ君でいいと思いますよ」

「でも、ちょっと、ぶしつけかなとか思ってしまって……」

「店長の熊さんが下の名前でばっかり呼ぶもんで、常連だいたいそれに倣ってるんですよ。気楽に呼べばいいいんじゃないですか？」

「そう……なんですか」

「そうなんですよー」

黒川は手を振り凍った路地を去って行く。千春はそれを見送って、ふっと息を吐いた。自分も店に戻ろう。

そう思った瞬間、背後から押されて、たたらを踏んだ。幸い足下は除雪されていて滑らなかったが。

驚いて振り返ると、店の前にいた小柄な女性がこちらをじろっと睨んで吐き捨てるように言った。

「邪魔」

「あ、すいません……」

反射的に謝るが、そんなに道を塞ぐような位置にいただろうか？　千春は店に入っていく彼女の後ろ姿を見て、首を傾げた。

この女性とは昨夜もすれ違った。千春より前に店にいて、赤飯を買っていった客だ。こんな美人、そうそう忘れられない。

「いらっしゃいませ」

「あの赤飯ってなんなの」

女性客に続いて店に入ると、いきなり彼女がユウに文句を言っているのが聞こえてきた。

「どうして甘納豆じゃないのよ！」

耳にきんと痛い、高い声。

千春は一瞬内容がわからず、それから数秒経って意味を飲み込み、思わずぽかんと口を開けた。

甘納豆？

いや、千春も、北海道で甘納豆赤飯なるものが存在することは知っている。小豆の代わりに甘納豆を入れたもので、ごく少量の食紅によっておこわがピンク色になっている。札幌では全国チェーンのコンビニの陳列棚にさえ甘納豆おにぎりが何食わぬ顔で並んでいる。甘い赤飯が想像できなくて、ちょっと怖かったのでまだ買っていないが。

くま弁では白米の他にも五穀米とか赤飯とか炊き込みご飯とかが日替わりで選べるようになっていて、確か昨日はちょうど赤飯が選べた。女性はその赤飯を買って行ったのだろう。

だが、くま弁の赤飯は常に小豆だ。甘納豆じゃない。

「申し訳ありませんが、当店のお赤飯は小豆でお作りしています。サンプルやメニュー写真もそのように――」

「でも、ここの甘納豆のお赤飯美味しかったって聞いたの。だから注文したのに」

「以前、ご注文いただいてお作りしたことはございますが、通常メニューにはございません」

「……先に言ってよ」

いや、だからメニュー写真小豆の赤飯だよね？

隅で見ていた千春は、胸の中で突っ込んだ。

「まあいいわ。それなら作ってよ。明後日取りに来るから」

「かしこまりました。何時頃のお受け取りになさいますか？」

「夜の十時ごろ。お金今払えばいいの？」

「お受け取りの際で結構です。こちらにお名前とご連絡先をいただけますか？」

連絡先と名前を残した女性客は、じっとユウの顔を見つめて、声を潜めて言った。

「秘密なんだからね」

「かしこまりました」

なんだ、今のやり取りは。

千春は気になったが、女性客はフェイクファー付きのモッズコートを翻して店を出て行く。自動ドアを通る前に、千春をじろっと睨みつけて。

「？」

いや、そこでどうして私を見るの。

千春は縮こまっていた手足に入っていた力をようやく抜いて、深く息を吐いた。

「小鹿様。お待たせして申し訳ありません。それから手袋ありがとうございます」

「あ、いえ、ああ、お店から見えてました？　黒川さんが気付いて取りに来てて。あの、勝手に持っていってすいません。考えてみたら、ちょっとまずいですよね……」

千春としてはなんだか場の空気がいたたまれない感じになってしまって逃げ出す口実が欲しかっただけだ。とりあえず、オオカミという名字の読み方を心に刻みつけておく。

「いえ――失礼ですが、先程のお客様のことはご存じですか？」

「いいえ……」

答えて、千春も彼女の態度を思い返して内心で首を捻る。睨まれたり、わざと押し退けられたり……全然知らない相手から、あんな態度をとられる理由がわからない。

それに、さっき彼女が言っていた、秘密、とはどういうことだろう。

「ん？　もしかして、ご存じなんですか、さっきの女性」

「秘密だそうなので」

ユウはそう言って肩を竦めただけだったが、それが答えのようなものだ。

「それではこちらハムカツ弁当お一つと玉子焼き小パックで八百五十円になります」

千春は、内心、ちょっとだけ、甘納豆の赤飯というものに興味を持ち始めていた。

というか、より正直に言うと、ユウの作るものはなんだって食べてみたい。ファン心理に近いかもしれない。

いや、さらに言うと、彼が作ったものでなくとも、一度北海道式の赤飯を食べてみたいとさえ思いつつある。それは甘納豆赤飯そのものへの興味というよりは、あの甘納豆赤飯を注文した女性客への興味だった。

甘納豆の赤飯って、そんなに魅力的なものなの？

謎の一つは思いの外あっさりと明かされた。

帰宅した千春は、録画していたドラマを流しつつ、ハムカツに齧り付いた。

ハムの塩っけがちょうどよくて、ごはんが進む。ごはんも相変わらず美味しい。ひじきの煮物も、漬け物も、かぼちゃと豆のサラダも美味しい。ドラマはあんまり面白くない。外したな、と思いつつ、リモコンに手を伸ばす。やっぱりテレビを見ながら食べるのはやめよう。少なくともこのドラマはやめよう。なんだか勿体ない。

そのとき、千春は目に入った光景に瞬きをした。

ＣＭが流れていた。ハムのＣＭだ。爽やかな朝食のシーン。朝の日差しがたっぷり降り注ぐ明るい窓辺のテーブルにはトースト、牛乳、オムレツ、フルーツなどが並んでいて、そこにハム入りのサラダが置かれる。皿の向こうに少女がいる。制服を着て、慌ただしくパンをかじり、そしてハムを見て微笑む。こちらを見て微笑む。

その、美しい眼差し。

軽やかな音楽とともに少女は立ち上がる。

函館に拠点を置く、食肉加工会社のCMだ。贈答品で有名だが、スーパーでも売っていて、千春も食べたことがある。色々無添加なのもあってちょっとお高いと思うが、美味しかった。

CMに出演していたのはいわゆる地元密着型アイドル。

「白鳥、あまね……」

千春は、あの目を知っている。

ぽと、と箸から食べかけのハムカツが落ちた。

基本的に千春がくま弁を訪れるのは週に二度。休みの日はできるだけ自炊。

結果的に、また千春はあの客と顔を合わせた。

「全然なってないわ。やり直して」

この台詞を言ったのが例の赤飯好きの女性客で、言われたのがユウだ。

すごい場面に出くわしてしまった、と冷たい汗が背中を伝うのを感じながら、千春はできるだけ目立たないよう、そっと店の隅に移動した。できれば回れ右したいところだが、あいにくすでに注文を済ませたところに、彼女がやってきたのだ。注文済みの彩り天津飯弁当を置いてはいけない。

「それは失礼いたしました。どのような点がご要望と違ったのでしょうか」

「だってあれ甘納豆入ってるじゃない」

「はい、そのようにご要望でしたので」

「だから、それじゃ違うのよ」

………待て待て待て。

千春は一瞬考え込んでしまったが、どう考えてもこの客の言い分はおかしい。

「だって、甘納豆が入っただけのお赤飯が食べたいならコンビニで買えるでしょ」

「……申し訳ありません、重ねてご確認申し上げますが、甘納豆が入っていない甘納豆お赤飯をお望みということでよろしいでしょうか？」

「そうよ！」

きっぱりと言う客に驚いて、千春は思わず感想を漏らした。

「えええ……」

「あっ、あんたまたいたの？　何よ、ストーカー？」

「ひえっ」

千春は悲鳴を上げた。先に店にいたのは千春の方なのに。

だが、ユウは冷静だった。

「他に何か特徴はございますか？　お色は？　小豆の色でしょうか、それとももっと明るいピンク色ですか？」

「ピンクよ。それで、甘いのよ、勿論（もちろん）」

「ごま塩はかかってますか？」

「そう！」

胸を張って女性客は答える。

もう、意味がわからない。

甘納豆が入っていなくて、ピンク色で、甘い赤飯。

それって、なんだ。甘納豆の要素はどこに消えたのだ。

そしてさらに驚くべき事に、ユウはあっさりと承ったのだ。

「かしこまりました」

穏やかな、あのスマイルさえ浮かべて。

女性客はその笑みを疑わしげな目で睨（にら）みつけ、ふんと鼻を鳴らした。

「……本当に作れるの？　メニューにないんでしょ？」

「はい。お客様のためだけに、お作りいたします」

「……また明後日の同じ時間に来るから」

そう言い捨てて、女性客は店を出ようとした。

去り際、彼女は千春を不審そうな目で眺めて呟いた。

「本当にストーカーとかじゃないんでしょうね」

「たっ、たまたま、時間帯的に被るだけなんだと思いますけど……」

「……あっそう」

長い睫の下から、大きな目が千春を見つめる。虹彩は少し色素が薄く、どこか潤んで見える。白眼まで濁りがなくて綺麗だ。口は凄く悪いけど。

女性客を見送った千春は、いそいそとカウンターに近づいて、ユウに尋ねた。

「……あ、あの、本当に、作るんですか。甘納豆入ってない、甘納豆赤飯って……」

「はい、お作りしますよ」

「でも、意味わからなかったんですが。ユ……いえ、あの、オオカミさんは、わかるんですか？」

「…………」

ユウが弁当作りの手を止めて千春を見る。それから、ふとまた手元に視線を戻す。

「はい。だいたいは推察しております」

「え、えええ……あの、じゃあ、いったいどういうことなんでしょう」

「ヒントは〝失敗〟です」

「しっぱい？」

オウム返しに尋ねる千春に、ユウは弁当を袋に入れつつ言った。

「ところで小鹿様、何かお気づきのご様子ですが」

「え」

千春は戸惑って、勘定のため財布を取り出しつつ固まった。

「ええと……それはつまり、あの女性客の正体、についてでしょうか……」

「その辺でございます」

「……アイドルの白鳥あまねちゃん、ですよね」

他に客はいなかったが、ごく小さな声で、千春は尋ねた。

テレビを見ていて気付いた時には、本当にびっくりしたが、確かにあの女性客は白鳥あまねそっくりだ。ちょっと、いや、かなり、イメージとは違うが。

地元密着型アイドル、白鳥あまね。

ローカルアイドルグループのメンバーとして、北海道でのイベントやライブなどで精力的な活動を続けている一方、ソロとしても地方局制作のドラマでの熱演を通して名を知られるようになった。今やテレビや広告への出演も多い人気ローカルタレントだ。

テレビの中のあまねは、もっと子どもらしく、純情そうに見えた。それが、弁当屋での彼女は美人ではあったが大人びて、おまけに性格もかなりきつそうだった。千春は彼女を大学生くらいだと思っていた。たぶん、実際のところはもっと若い。

だが、ユウは小首を傾げた。

「僕、あまりテレビ見ないんですよね」

「え……」

そのことを言いたいのではなかったのか。

「なんにせよ、ご内密にお願いいたします」

とにかくユウはそう言って唇の前に指を一本立て、千春の口を封じてしまった。

自慢じゃないが、千春は失敗なら何度もした。

大学受験だって本命は落ちたし、今も慣れない仕事で失敗だらけだし、最近は浮気男に引っかかるというなかなか最悪な失敗もした。毎日小さな失敗を積み重ねて、うじうじ悩んで、ちょっと忘れて、また思い出して、新たな失敗をしてという繰り返しだ。

千春は、ユウが言ったことについて眉間（みけん）に皺（しわ）を寄せて考え込んでいた。

ヒントは〝失敗〟。

この場合の、失敗とはなんのことだろう。

千春は何か失敗したのだろうか。それとも白鳥あまねか？　ユウか？

あるいは、他の誰かの失敗？

考えながら、仕事帰りの千春は、二十二時ちょっと過ぎに、くま弁の前に着いた。

あの奇妙な赤飯事件から二日後。つまり、あの客が注文した弁当を取りに来る日だ。

いや、勿論千春はストーカーじゃない。

だって千春は週に二度も店に行く。二日に一度店に来る女性客とたまたま同じくらいの時間帯に。千春にも真っ直ぐ家へ帰る選択肢はあったが、この時間から夕ご飯を作る気にはなれない。

だからくま弁に来た。偶然なのだ。

だがそれを判断するのは警察という気もする。

入るのを躊躇っていると、背後から声をかけられた。

「あれ、玉子焼きのおねえさん？」

「あっ、こ、こんばんは」

およそ一週間ぶりに顔を合わせる黒川が、片手を上げて千春に笑いかけてきた。

「やあどうもこんばんは。店の前で何してるんですか？　入らないんですか？」

「は、入ります……」

見られていたとわかって、千春は顔が熱くなる。

自動ドアを開けて二人揃って店内に入ると、奥にいたユウが出て来て、愛想良く笑った。

「いらっしゃいませ」

「あ、私注文まだ決めてないので、よかったらお先にどうぞ」

「じゃあ玉子焼き大パック一つね」

「かしこまりました」

いつものように玉子焼きを冷蔵庫から出してきて、ユウは袋に詰める。

「ところで黒川さん、お嬢様へのプレゼントですけど、もう何作るか決めましたか？」

「あっ、うーん。好物だから、ザンギかハンバーグかなあって思ってるんだけど。カロリーと脂質がねー」

カロリーと脂質。その言葉から思いつくものといえば一つだ。千春は驚いて尋ねた。

「ダイエット中なんですか？」

「体形維持。大変そう」

そういえば、黒川の娘はケーキがダメだという話だ。ケーキもカロリーと脂質がすごい。

「えっ、十三歳でですか？」

「そうなんだよねえ。基本的にはバランス良く食べてるみたいだし、無理はしてないと思うんだけど」

「千円お預かりいたしましたので、四百円のお返しです……黒川さん、ザンギもハンバーグも作れるんですね」

「うん、昔は色々やらかしちゃったけどね。懐かしいなあ、照り焼き作るのに砂糖と塩間違えたり、色々やったよ」

釣り銭を小銭入れに入れつつ、黒川は目を細める。

「何年かは失敗ばっかりだったなあ」

「しっぱい……」

ふと、二日前のユウの言葉を思い出す。

ヒントは失敗。

「お赤飯の失敗……」

千春の呟きに、黒川が振り返った。

「お赤飯？」

「あ、いえ」

千春はそのときになって、自分がそもそも甘納豆赤飯の作り方を知らないことに気付いた。

「あ、えーと、つかぬことを伺いますが、甘納豆のお赤飯の作り方ってご存じですか?」

「うん。あのですね、食紅入れて糯米(もちごめ)とうるち米でおこわを炊いて、それから甘納豆を入れて、混ぜて、蒸らしておくんです。そうすると、甘納豆もちょっと溶けて、美味(おい)しい。食紅を入れるのは、小豆(あずき)と違って色が出ないからですね」

「ああ、なるほど……」

「甘納豆のお赤飯作るんですか?」

「あの、ちょっと、甘納豆のお赤飯が気になってきて、最近」

「へえ! 僕も何回か作ったことありますよ」

「失敗とかあります?」

「うーん……普通に失敗しようがないんですよねえ、混ぜるだけですから。甘納豆入れすぎて甘くなりすぎたことありましたけど、それくらいかなあ。あと食紅を入れすぎてどぎつい色になるとかですかね?」

「そう……ですよね……」

やっぱり、甘納豆のない甘納豆赤飯、なんて謎かけみたいなことにはならない。

「……ところで、黒川さん」

不意にユウに声を掛けられ、黒川は首を傾げる。見た目に反して、ちょっと小動物か子どもみたいな仕草をする人だ。

「なあに、ユウ君」

「お嬢様の誕生日は、七月じゃありませんでしたか？　以前、ケーキを買った帰りにこちらに立ち寄ってくださって、その時そうおっしゃっていたように記憶しています」

「あ」

黒川が目を丸くする。

「え、あー……そうなんだよね。誕生日、七月なの」

「今は二月です。もう準備されるのでしょうか？」

「いや、実はさ……ちょっと、重くなるかなって言いにくかったんだけど」

黒川は居心地悪そうにもぞもぞと足踏みをして、控えめな声で言った。

「実はうちの子、東京の学校に転入することになって、三月までしか一緒に暮らせないの。だから、三月のどこかでお祝いしようって話してたんだよね。それで、何かプレゼントするよって言ったら、食べ物がいいって言うの」

「十三歳で親元離れちゃうんですか。寂しいですね……」

千春が思わずそう言うと、黒川も頷（うなず）いた。

「そうなんですよねえ。寮だから生活の心配はそんなにしてないんですけど、でも普通に高校まではうちにいると思ってたんで、僕もショックだったし、色々話し合ったんだけど、でもやっぱり……」

照れ臭そうに、頭を掻く。

「夢、があるんですよね、うちの子。だから、それを応援してあげたいなって僕も思って」

「夢……」

「そう。僕があの子くらいの頃は、そんなの全然なくて、遊んでばっかりだったんですけど。でも、あの子はあるんですよねえ。それなら、できるだけのことはしてあげたいなあって思いまして。だから今回のも、行かせてあげることにしたんです」

「それでわかりました」

「ん？」

ユウは、いつものあの穏やかな笑みを浮かべて言った。

「お嬢様も、黒川さんにプレゼントがあったんですね」

「……え？」

黒川が、疑問の声を上げる。

そのとき、ぶんという音とともに自動ドアが開いて、新しい客が入ってきた。

見ると、それは例の赤飯大好き女性客こと白鳥あまねで、店に入るなり黒川に目を留めて立ち止まった。

「パパ」

「あれ、茜ちゃん」

……………んんん？

千春の頭の中で、ハムのCMソングと、黒川の娘の話と、目の前の女性客の眼差し(まなざし)とが一緒くたになって、そうしてようやく、一致した。

「く、黒川さんちの〝茜ちゃん〟って、あの、白鳥あまねだったんですか……？」

言われてみれば黒川とも目元や鼻筋の感じなど似ているところはある。

だが、黒川が言っていた〝茜ちゃん〟の姿と、きつくてとげとげしい女性客の態度とが、どうも合わない。千春は普通の中学生の女の子を想像していたし、何より大人びた完成された顔立ちとスタイルは、十三歳には到底見えない……そもそも、白鳥あまねって十三歳だったのかという驚きも湧いてきた。

千春は唖然(あぜん)として、かろうじてこの場で千春と同じくらい部外者であろうユウの方を窺(うかが)った。ユウは別に驚くでもなく、せっせと赤飯弁当を用意している。

「あのう、オオカミさん、気付いてました？」

「？　何にでしょうか」

「ええと、こちらの人が黒川さんの娘さんだっていうこと……」

「はい。連絡先として黒川茜と本名を記入していただきましたので。それまでお会いしたことはありませんでしたが、おそらくお客様も黒川姓を書くことで気付かれるかも……とは思ったのでしょうね。口止めを要求されました」

そりゃそうか！

「じゃあ、知らなかったの私だけだったんですね」

「お客様の個人情報はお伝えできませんので」

ユウは困ったようにちょっと肩を竦めた。

「それで、じゃあ、さっきオオカミさんが言ってた、娘さんからのプレゼントって、もしかしてお赤飯ってことですか？」

「そのように推察します」

「でも、どうしてそんなふうに思うんですか？」

「ちょっと」

あまねが千春とユウの間に割り込んだ。言葉だけではなく、身体ごとずいっと。

「あんたに関係ないじゃない。それにまさか、店員さん、パパにばらしたの？　びっくりさせたかったのに。秘密って言ったじゃない」

「いえ、お伝えしておりません」

にこっと笑ってユウは嘘を吐いた。いやいや、言っていただろうと千春は内心で突っ込む。はっきり、お嬢さんからもプレゼントが、なんて言っていた。というか、どのみちこの状況ではわかってしまうと思うのだが。

「プレゼント、って……」

黒川の言葉に、あまねがハッとした様子で振り返った。

「そ、その……」

「そもそもどうしてここにいるの、茜ちゃん」

「それは、ここなら美味しいと思って……」

「何が？」

「だから……その……」

あまねはついにかんしゃくを起こすように爆発した。

「もう、パパは帰ってて！　私だってお弁当くらい買えるんだから！」

小学生か……。

一人の時はやたらつんけんしていたくせに、父親の前だとこうなのか。テレビの中ともやっぱり違う。人気アイドルは大変だなーと千春はちょっと同情する。

「えっ、一緒に帰ろうよ。パパと歩いて帰ろう？　もう遅いし危ないよ」

「いいってば」

テレビに出ているアイドルなんだし、マネージャーの送迎くらいあるのかと思っていたがそうでもないらしい。夜も遅いし大変そうだが、考えてみれば今時塾の帰りでこれくらい遅くなる子は珍しくもない。

「あっ、そういえば紹介してなかったよね。うちの一人娘、茜です。よろしくね」

「……よろしくお願いします」

黒川からは見えないようだが、あまねは苦虫を噛み潰したような顔をしている。顔の下半分は相変わらずマスクの下なのに、その目付きだけでもありありと伝わってくる。

「こちら常連のおねえさんと、いつもお世話になってるくま弁のユウ君～。ユウ君のことは何回も話してるからわかるよね」

「僕のことなんて言ってるんですか？」

「弁当超うまいイケメンだけど性格悪い」

「……先月のことお嬢様にお話ししていいですか？　ねえ黒川さん」

「えっ、どれのことっ、もうやめてよ～！」

ふざけ合っているようなやり取りだが、黒川の額にはうっすら汗が滲んでいる。幾ら室内とはいえ、そこまで暑いわけではないはずだが。

あまねの勘ぐるような目を避けたいのか、黒川は明るい声で千春を紹介した。

「このおねえさんがね、この間最後の玉子焼き譲ってくれたんだよ！」

黒川の説明を聞いて、あまねが千春を見た。じいっと見つめて、かと思うと急に逸らす。

「……それは、どうも」

「あ。いえ……」

千春は相手が目を逸らしている隙にと、たっぷりあまねを観察した。マスクが邪魔だが、可愛らしい顔だちなのはよくわかる。考えてみればこのマスクも〝白鳥あまね〟の顔を隠すためのものだったのだろう。

「じゃあ一緒に帰ろう。用事があるなら待ってるから」

「タクシー待たせてるから大丈夫。言われた通り夜は一人歩きしないようにしてるの」

「なら一緒に乗って帰れば——」

突然、あまねは意を決したように千春の方を向いて、その小さな手で千春の手首をがっしりと掴んだ。

「このおねえさんと知り合いなの！　ちょっと女同士で話したいことがあるからパパは帰っててね！」

「えっ……そうだったんですか？」

「え!?　いえ、店で何回か顔を合わせただけで……」

千春はしどろもどろになりながら説明するが、手首を掴むあまねの手に力が込められ、ちらっとあまねの様子を確認する。あまねはなんとか取り繕えと言わんばかりに千春を睨んでいる。

「あの、はい、すみません、実はちょっと相談受けていて。大人っぽいから中学生なんて全然思わなくて、はは……」

「あ……そうだったんですか。すみません、茜がご迷惑を……」

「大丈夫です、全然、迷惑とかでは」

「私たち友達なのよ、パパ！」

強引にあまねが押し切って、黒川を自動ドアへと押し出す。ドアは黒川の存在を感知して唸りながら開き、黒川は申し訳なさそうな顔を千春へ向けた。

「それじゃ、僕、外で待ってますんで、話が終わったら……」

「いえっ、あの、寒いですし、私が送り届けますから」

「いや、そこまでしていただくのは悪いので……」

「大丈夫よパパ、私自分でタクシー乗って帰れるから」

「そうかあ……？」

「あーっ！　忘れてた。テレビで今日インタビュー放送されるのよ。先に帰って予約しておいて～お願い！」

だめ押しとばかりにあまねはそう頼み込んで手を合わせて黒川を拝む。嘘くさい状況なのに、演技は真に迫っている。さすがだなと千春は舌を巻く。

後ろ髪を引かれるようすで去って行く黒川を見送って、あまねは千春から手を離した。

あまねはそれきり、隅の椅子に座って千春の方など見向きもしない。

「えっ、あの、話って……」

「そんなの方便よ、決まってるでしょ」

「……お赤飯のこと、お父さんに内緒で驚かせたいから帰ってもらったの？」

あまねはじろっと千春を睨みつけて、マスクの下からもごもご言った。

「だったら何よ、関係ないでしょ」

「そう、まあ、そうだけど……私、黒川さんに嘘まで吐いちゃったよ」

「……それについては助かったわ」

「タクシーどこに待たせてるの？」

「なんですって？」

こう刺々しいのも、中学生とわかれば可愛らしく感じられてきた。

千春は溜息（ためいき）を吐いて、暗い外を指さした。

「ほら、もう十時過ぎてるんだよ。タクシー待たせてるって言っても、この近くには見えないし、あなたみたいな若い子が一人で出歩いてたら補導されかねないよ」

「補導の対象じゃないわよ。家に帰るだけだもの。深夜徘徊と一緒にしないで。あれは目的もなく彷徨い歩いてる場合のことなんだから」

「いやその辺はわかんないけど……繁華街も近いし、その割に人気ないし……お父さん心配するのも当たり前だよ。ねえ、本当にタクシー待たせてる？　どこに？」

「もうっ！」

苛立ったようにあまねは椅子から立ち上がって、千春に詰め寄った。

「本当につきまといで訴えるわよ！」

「タクシー待たせてないんなら呼ぶよ、いい？」

「ここから徒歩五分なのよ、呼ぶ意味ないじゃない！」

「お待たせいたしました。赤飯弁当ご用意できております」

ユウが愛想良く声を掛けてきた。

「念のため中身をご確認ください」

そう言って、あまねの前に、蓋を開けた弁当容器を差し出す。

「これ……」

あまねが、そう呟いたきり言葉をなくす。千春も、その後ろからちょっと覗き込む。

道明寺の桜餅みたいなピンク色に染まったおこわ。

ごま塩。

それだけの、ごくごくシンプルな〝赤飯〟だ。要望通り、甘納豆の姿は見えない。

「よかったらこちらご試食ください。お品物とは別にご用意いたしましたので」

そう言ってユウは、今度は小さなアルミケースに入ったピンク色のおこわを差し出してくる。よかったら、と言って千春にも。

「あ、ありがとうございます」

あまねに睨まれながらも、千春はもらった使い捨てスプーンで赤飯をそっと口に運ぶ。

甘い、と最初に感じた。もちもちとしたおこわの食感と、甘さと、それからごま塩の塩気が混じり合う。

まあ、うん。

ちょっとおはぎみたいだな、と思ったが、悪くはない。

「いかがですか？」

あまねは一口食べるなり黙り込んで喋らないので、千春がおずおずと答えた。

「甘いですけど、これ、甘納豆入ってないんですよね」

「入ってますよ。ほら、その茶色い部分がそうです」

「んん？」

よく見ると、確かにおこわの中に幾つか茶色いべったりしたものが見える。

「なんですかこれ……」

ユウは、ごく簡潔に問いに答えた。

「甘納豆が溶けたものです」

「溶けた……？」

「ええ。先程黒川さんも説明くださいましたが、甘納豆の赤飯では、おこわが炊きあがってから甘納豆を入れます。そうしないと、崩れてほぼ原形を留めないからです。こちらの赤飯では、甘納豆を一緒に炊かせていただきました。それでこのように」

「ああ、そっか、失敗ってそういう……！」

じゃあ、この手順のミスが〝正解〟だったのだろうか。千春はあまねの様子を窺い、ぎょっとして言葉を失った。

あまねは、泣いていた。

その大きな目からぼろぼろと涙をこぼし、ただ無言で泣いていた。涙が、マスクにどんどん吸い込まれていく。彼女は目元を拭い、濡れたマスクを外し、初めてその素顔をさらした。

鼻の頭を赤くした、透明感のある横顔。

桜色の唇が、震えながらか細い声を紡ぐ。

「パパが、昔作ってくれたの。初めて公演のオーディションに受かった日……」

ドラマみたいだなとその横顔に見とれて千春は思う。ドラマみたいに綺麗な、透明な涙。訥々と、彼女は語った。

「不安や緊張もあったけど、嬉しくて、興奮してて……甘いお赤飯を食べたら、自分がすごく誇らしく感じられた……パパなんか私以上に喜んでくれてて……いい年過ぎた大人が泣いてたのよ、ほんと大げさで、でもなんだか、私まで泣いちゃって……恥ずかしかった」

ハレの日に食べた、特別なメニュー。恥ずかしいなんて言いながら、彼女は泣きながら笑っていた。

そして、彼女は残っていたもう一口の赤飯を食べて、目をぎゅっと瞑って、また、涙を拭って言った。

「ありがとうございます……これです……」

涙で濡れた目がきらきら輝いて、綺麗な笑顔だった。

「あの……」

あまねはもうマスクを付けて、泣いていたことなんか嘘のように平然と千春の隣を歩いている。あまねの弁当を詰めた袋は何故か千春が持っている。

あまねが荷物持ちをしろと千春に命令したのだ。

何しろ夜道だし、タクシーを呼ぶ気はなさそうだしで、千春はとりあえず黙って付き従っている。

「えっと、このお赤飯、今日お父さんに渡すの？」

「違うわよ、今回のは試作品。上京する最後の週末にパパとパーティするからそのときまた同じお赤飯作ってもらうわ。そっちが本番ね」

「あ、試作品だったんだ」

「当たり前でしょ。試作もなしに頼んで本番当日に思い出をかすりもしない赤飯が出て来たらどうするの？」

うん、まあ、確かに、あまねの求める赤飯はちょっと普通じゃなかったし、『試作品』も必要かもしれない、と千春は思う。

「私だってあれが一般的な甘納豆のお赤飯じゃないことくらいわかってる」

あまねは少しばつが悪そうな顔で呟いた。

「今はパパも普通の甘納豆入りのやつとか、小豆入りとか作るの。でも、私にとってはあれが一番だった」

「えっと……じゃあ、お父さんに作ってもらえばよかったんじゃないの？」

「どうやって作ったか覚えてないっていうんだもん」

あまねは溜息を吐いた。

「確かに、本当にもう、何年も前のことだし、仕方ないのかもしれないけど。そもそも作ったことすら覚えてなかった。でも、中にはそういうものもあるのかなとか思って……あちこちのお赤飯食べたんだけど、結局見つからなかった。だから、パパがいつも買ってきてくれるお弁当屋さんなら作ってもらえるかなってちょっと思って……知り合いがここの甘納豆のお赤飯美味しかったって言ってたし……でもどう説明したらいいかわからなくて、説明しても、わかってもらえない気がして。だって私も自分でもわけわかんないんだもん。甘納豆の入ってない甘納豆お赤飯なんて」

確かに、甘納豆のない甘納豆赤飯というのはかなりの無理難題だ。

三度目の来店でユウに説明する彼女の姿は怒っているように見えたが、あれは自棄になっていたというか、気まずさを隠すためのものだったのだろうか？

「あんな作り方だったなんて、想像できなかった」

「そうだね、それは……私も……」

ずいぶんむちゃな注文だったと思うが、ユウはきちんとそれに応えていた。

「オオカミさん、凄いなあ……」

「そうね、いい男よね」

「……ん？」

すごい言葉が隣の中学生から出て来た気がして、千春は思わず聞き返す。

「今、なんて……」

「いい男よ。お弁当は美味しいし私のことだって子どものわがままって済まさないし。顔も俳優みたいに恰好良い」

「あ、うん……」

「言っておくけどねえ」

あまねはじろっと千春を見つめて立ち止まった。

「あんたみたいに小動物を装っていろんな男に気を振りまくタイプの女は嫌われるんだから」

「……はい？」

今日はびっくりすることだらけだ。その中でもこれはまた、まったく想像が及ばない方向からのジャブだった。

「いろんな男、って」

「ユウ君とかうちのパパとかよ！」

おいおいおい……。

千春はもう反論の声も出なかった。というかユウ君呼びなのか。父親がいつもそう呼ぶからだろうか。

「私見てたのよ、あんたがうちのパパの手を取って――」

「え、待って、覚えがまったくない」

「店の前で！」

「ん？　あ、あああっ、手袋？　それ手袋渡した時じゃない？　黒川さんが手袋落としてたから、拾って渡しただけなんだけど……」

「……あと、ユウ君よ！　言い逃れさせないわよ」

「いや、何もないし……」

「いーえ、何かあるわ！　何か！　なんだかよくわからないけど、私にはわかるの！」

千春は慌てて声を潜めるよう手で示した。深夜の住宅街でこれは五月蠅い。

「あのー、もしかしてなんだけど、茜ちゃん、って、オオカミさんのこと好き……」

「はあああっ？　馬鹿じゃないの？　いいからこれ返して！」

あまねはそう言うなり、千春の手から自分の弁当が入った袋をひったくった。

あまねが袋を手に道を逸れ、青果店に入ろうとしている。繁華街の店に卸しているからだろうか、この時間でも店は営業中で、煌々と照明が灯されている。

「？　果物屋さんに用があるの？」

「おじいちゃんちよ。お赤飯もらってもらうの。私、こんなに夜食食べたら太るもの」

ついてこないでよね、と千春に一瞥とともに言い捨てて、あまねは店内に入っていった。

なるほど、一人前とはいえ甘納豆の赤飯だ。二、三日に一度のペースで注文するたびに食べていたらちょっと体重が気になるかもしれない。あまねは特に太っているわけではないのだが、テレビは太って見えると言うし。

しばらくして出て来たあまねは、千春を見てばつが悪そうな顔をした。

「待ってなくてよかったのに」

「家まで送った方がいいかなと……」

「おばさんが配達ついでに送ってくれるって。だから帰って」

あまねは腰に手を当ててふんぞり返って言った。

あまねは祖父母宅に寄ったため、そのときはコートを脱いでいた。だから千春は彼女が着ていたものに初めて気付いた。

それは、黒い豚のＴシャツだった。豚と言っても可愛らしいやつではない。胸元にでかでかとプリントされた豚はかなりリアルで、ある意味ロックだ。それを彼女はシフォン素材のフェミニンな白スカートと合わせていた。豚のインパクトは強いが、これはこれで、可愛い。ちょっと清純派アイドルっぽくないが。

「そう簡単に今をときめく人気アイドルの自宅がわかるなんて思わないでよね」

父親からのプレゼントを、ちゃんと着ているじゃないか。

「……そうだね」

千春が思わず微笑んでそう言うと、あまねも満足そうに口角を上げた。

「じゃあ、またね。あんたこそ気を付けて帰りなさいよ」

うん、と笑いながら手を上げて、千春はふと我に返った。

自分の弁当を注文していなかった——。


戻ってきた千春を見て、ユウは破顔した。

「いやあ、注文もされないで帰ってしまったので、何しにいらしたのかなとは思ったんですよ」

「なんか場の勢いに飲まれてました……」

千春は、はあと溜息(ためいき)を吐いてカウンターにもたれかかった。

「それで何になさいます？」

「うーん……もう遅いのであっさりしたものがいいかなとは思うんですが」

「そうですねえ、越冬キャベツの煮込みロールキャベツは重いでしょうか」

「えっ、なんですかそれ美味しそう」

「鶏肉(とり)ですしあっさり目だとは思いますよ。鶏レバーも使用しておりますが、こちらも脂質は控えめです。スープが多くなるのでごはんと別容器になります」

「ああ……はい、それでお願いします。あと玉子焼きもつけてください」

ダメだ、聞いているだけで口の中によだれが溢れて来る。レバーはそんなに得意ではないが、きっとユウの作ったものなら美味しいに違いない。

「かしこまりました」

いつものように手際よく働くユウを眺めつつ、千春はぼんやり考える。

十三歳で親元を離れるのは寂しいだろうが、なんとなく当人たちは前向きに考えているように見える。全国区で活躍しようというのなら、上京した方が色々有利だろうし、ただでさえ学業と両立は大変だろうから、まだ動きやすい東京の方がいいという判断だったのだろう。

別れても家族だし、何より彼女が父へのプレゼントとして赤飯を選んだのは、思い出の品であり門出を祝うに相応しい料理だからだろう。

それでもあの時見せた涙は、たぶん、それだけではない色々な思いが彼女の中にあったということなのだ。

大変だなあ、と千春は思う。千春が一人暮らしをしたのは大学を出て就職してからだし、それも食事付きの寮に入ったから料理の手間は掛からなかった。自由にできることが増えるのは嬉しかったが、洗濯とか、掃除とか、一人で何もかもするのはちょっと面倒だった。

「十三歳で親元離れるのって、大変ですね」

考えていたことがするっと口から零れ出た。慌てて千春は付け加える。

「あ、勿論、だからどうこうっていうのじゃないんですけど。そういう決断できるのって、凄いと思うし……」

「そうですね」

「そういえば、あの、茜ちゃん、着てましたよ、豚のTシャツ。可愛く着こなしてて」

「えっ」

いつもだいたい穏やかな態度を崩さないユウが、珍しくぎょっとした様子で聞き返した。

「あれを……可愛く……？」

「どうして何買ったか知ってるんですか？」

「相談されたんですよ。僕の意見は全然聞いてくれませんでしたけど。ほら、たぶん、ハムのCMに出演してて、それに絡めて豚にしたんだと思います」

「ロックな感じのTシャツでした」

「十三歳の娘さんにプレゼントするものじゃないと思うんですけどね」

「……ん？　あれ？　使ってるなら、別に消え物じゃなくてもよさそうな気がしますけど。お父さんのセンスを信用してないから消え物がいいって話でしたよね？」

「そうですね、あれは口実かもしれません」

ユウはロールキャベツの容器に慎重に蓋をしている。結構めいっぱい入れてくれているけど、零れないだろうかと千春はちょっと心配になる。

「これは密閉性が高いので閉めてしまえば落としたり衝撃を与えない限りは大丈夫ですよ」

「あ、そうなんですか……えっと、さっき口実って言いました？」

「ええ。食べ物にしたかったんじゃないかなと」

「というと……？」

千春は思わず身を乗り出す。ユウもつられたようにこちらに身を乗り出したから、いつもよりかなり近くで目が合う。

「黒川さんは、玉子焼きをいつも一本分買って行かれます。朝食に召し上がるんだとよくおっしゃっています。お嬢様と召し上がるんだと。お互い忙しくて、親子で食べられるのは朝だけなのだそうです。ですから、お嬢様がプレゼントに消え物を要求し、なおかつ黒川さんと食べたいと言ったのは、ただ純粋にそうしたかったからではないかと思えるんです。プレゼントをもらって終わるより、一緒の時間を楽しみたかったのではないかと。ほんの僅かでも。消え物でも、それは、消えないものなのではないでしょうか」

「きえないもの」

オウム返しにそう呟く。

口から入って、消化され、消えてしまうもの。食べ物。

でも、栄養は残る。身体に吸収されて、血潮となり肉となり骨となる。

そして思い出は、経験は時間は、彼女の中に留まり続けるのだ。あの赤飯を彼女が覚えていたように。

千春は、言ってしまえば他人事なのに、そのとき胸の中に火が点ったように思った。

温かな料理と暖かな部屋を、千春は容易に思い描けた。

それが、千春を、あまねを、人を形作っているのだ。

「僕は、そのように推察いたします」

つまりは当て推量ですが、と悪戯っぽく微笑んで、ユウはそう締めくくった。

その考え方は、千春にはとても好ましいものに思えた。

「さて、お待たせ致しました、ロールキャベツ弁当と玉子焼きで八百五十円になります」

「……オオカミさんにも、そういう思い出が？」

勝手に口から出た言葉だった。

個人的な質問なんて、今までしたことがなかったのに。

興味が湧いたのだ――今ユウが言っていたことは、彼が料理を生業にする人だから出て来たものなのか、それとも幼少期の思い出なんかから導き出したことなのか。

道外出身者らしいが、出身はどこで、これまでの人生をどう生きて、どうして北海道にやってきたのだろう？　そして何故くま弁で働いているのだろう？　考えてみれば訊いてみたいことは色々あった。千春のために注文を無視して鮭かま弁当を作り、今またあまねのために謎めいた赤飯を作った――不思議な人。

不思議で、素敵な考えをする人だ。

突然の問いにユウは一瞬目を瞠ったが、すぐにゆっくりと目を細めて微笑んだ。

それは笑みというよりは、もっと皮肉っぽいものにも見えた。

「あ、すみません、急に変なことを」

どきっとして千春は急いで謝った。いえ、とユウは頭を振る。

「ただ、僕の話なんてつまらないものですから」

「…………」

千春はこう言われて、え～、そんなことないですよ～と気軽に突っ込めるタイプの人間では、ない。

ユウの言葉をやんわりとした拒絶と受け取り、口を噤む。個人的なことを訊いたりして悪かったなと思い、もっと正直に言えばがっかりもする。

気付くと、ユウはじっと千春を見つめていた。

「僕の、勘違いでなければですが」

「？　はい」

「以前、名前で呼んでくださいましたよね」

ぶわっ。と千春の顔の温度が体感で二度くらい上がった。

えっ、今その話するの、と言いたいのを堪えて、肯定する。

「ああ、そうですねっ、はい……」

そうして上擦る声を抑えて、もごもごと言い訳めいた言葉を続ける。

「馴れ馴れしくてすみません。黒川さんとかがそう呼んでたので、つい」

「最初が店員さんで、次がユウさんで、その次がオオカミさんでした」

「そうですね、変な順番ですね」

「ユウでいいです」

察していた会話の流れではあった。

どうしてこうなってしまったのかという気まずさを噛み締めつつ、千春はぎくしゃくとした動きで頭を掻いた。

「でも、失礼かなと……思ってしまって」

「いえ、別に構いませんので」

「あ、はい」

ひきつった笑いを浮かべて、千春は頷いた。どうせここで頷くなら、もっとすんなり受け入れておけばよかったと後悔した。変に意識しているようで、恥ずかしい。

「じゃあ、ユウさん、で……」

結局そう言わされてしまう。

なんだなんだ、と千春は胸中穏やかではいられない。問いかけても自分の話はつまらないからと断るくせに、ユウでいい、とは。いや、他の常連もそう呼んでいるのだから、変な話ではないのだが、この会話の流れがわからない。

「今後ともよろしくお願いします、小鹿様」

そう言って、彼はその日一番の笑みを見せてくれた。

それがあんまりご機嫌そうに見えたので、千春はふと、彼はもしかしたら嬉しかったのかもしれないと思った。

千春が、ユウに個人的な問いかけをしたことが、嬉しかったのかもしれないと。

拒絶したとはいえ、興味を持ってもらえること自体は悪い気がしなかった、とか。

そもそも、拒絶のつもりもなく、ただ本当に、心底つまらない話だから聞かせるのも悪いなと思っての発言だったとか。

じゃあもしかして突っ込んで訊いてもよかったのかなと思ったが、千春はひとまず、彼の機嫌の良い笑顔を眺め、つられて微笑むことで満足した。

4コール目で母が出た。あらあなた休みなの、と穏やかな声が聞こえてくる。

「ああ、あの、レシピを聞きたくなって」

三月になって気温は緩み始めたが、まだ雪は溶けきっていない。マンションの窓からは雪を被(かぶ)った夕暮れの街並みが見える。

『どの？』

「ほら、玉子焼き。いつもお弁当に入れてくれたでしょ」

手元では無意味にペンを弄(いじ)ったり、立ったり、座ったり。少し照れ臭い気持ちで落ち着かない。

母との電話はひと月ぶりくらいだ。大抵いつも母にかけさせてばかりだったから、千春からというのは珍しい。

先月のちょっとした経験から、なんとなく、こちらからかけてみようと思ったのだが、実際にかけるまでには少々時間がかかってしまった。今更あえて玉子焼きのレシピを聞くのが、気恥ずかしくなったのだ。

でも、くま弁の玉子焼きには及ばずとも、それを食べて大きくなってきたわけだし、自分でも作れるようにしておきたい。

だが、母の答えは予想外のものだった。

『ああ、あれね、ちょっと待っててね、メーカーの名前確認してくる』

「………………え？」

少しの間静寂が続いて、戻ってきた母はこう言った。

『えーとね、まるきゅう食品の冷凍玉子焼きね。業務用の食料品店で売ってると思うけど』

ごくり、と千春の喉が鳴ったが、あちらに聞こえたかどうか。

「………………あ、え、それ、私が高校の時も？」

『そうね、あんたがもっと小さい時は自分で作ったりもしてたけど、結局冷凍食品の方が美味しくてねえ。ああ、気に入ってたんなら、次の宅配便で送るわね』

「あ、うーん、うん、いいよ、冷凍便って高いし……」

『そう？』

はは、と千春は肩すかしを食らって笑った。いや、これはこれで、我が家らしい、と思う。玉子焼きは自分で練習しよう。まずは玉子焼き鍋を買って、なんとかしてユウのレシピでも聞き出して。

『そういえばねえ、この間、ほら、たまちゃん覚えてるかしら、あんたの小学校の同級生の。あの子が帰省してきたんだけど、それが婚約者連れだったのよお。それでね……』

母の雑談を聞きながら、千春はふと目を上げた。

音を絞ってつけっぱなしにしていたテレビに、見覚えのある光景が映っている。

千春の喉から、声が漏れた。

「えっ」

母がなあに、と聞き返してきたが、千春は答えられないまま、テレビの音量を上げた。

『というわけでこちらがあまねちゃんお勧めのお弁当屋さんで～す』

レポーターらしき女性のきんきんと高い声が聞こえる。

画面に映っているのは、千春もよく知る、くま弁の赤い庇テント。

日没前後くらいの時間帯らしく、淡い藍色を帯びた光景の中で、自動ドアから漏れる店の灯りが黄色く優しい。

レポーターが店に入り、禿頭の店長が迎える。店長は愛想良く対応して、その後ろにちらっと、一瞬だけ、厨房で働くユウの姿が映る。

季節の食材を使った弁当の紹介が終わって、カメラはスタジオに戻ってきて、レポーターと司会進行役のアナウンサーの会話が続く。

『うわー、この玉子焼き美味しいねえ。ふわふわですよ。これがあまねちゃんの大好物なんですね。四月からはこの季節だけの特製弁当がメニューに加わるんですよね？』

『はい、そうなんです。四月一日からの特製花見弁当にもこちらの玉子焼き入っておりまして、他にも季節の食材をふんだんに――』

呆然とする千春の耳を、彼らの会話は素通りしていく。だが、カメラがスタジオの白鳥あまねの姿を捉えた時、急に彼女の声だけが明瞭に響いた。

『ここは、魔法のお弁当屋さんなんです。私の相談に乗ってくれて、すっごく素敵なお弁当を作ってくれたんです』

それからしばらく住所や営業時間などの情報が伝えられると、あまねが出演する映画の宣伝が始まった。

千春は渇いた口内をつばで湿らせて呟いた。

「テ……テレビだ……」

『千春ー？』

「あっ、あ、ごめん。な、なんでもないの。馴染みの店がテレビ出てて、驚いて」

『ええ～、凄いわねえ。どこのチャンネル？』

「ローカルだから、そっちではやってないよ」

『そっかあ、見てみたかったわ、あなたの馴染みのお店』

千春の胸はまだどきどきしていた。

行きつけの店がテレビに紹介されたことは、記憶している限りではない。もう紹介されている店に行ったことはあるが。

とりあえず、このようすだとしばらくあまねお勧めの玉子焼きは買いにくい日が続くかもしれない。

嬉しくて興奮してるけど、あれを食べられないのはちょっと寂しい。

母の話を聞きながら、千春は窓の外を見やった。南向きの窓から入る光はすでに弱々しく、雪がひとひら、湿り気を帯びて落ちていった。

雪のかさは減り、地面が見えて、街はちょっと汚くなって、そうして春を迎える。

不意に我に返った千春は、鍋が焦げ付く前にシチューの火を消しに走った。

•第三話• 七月のかきめし弁当

うわあ、と声が出そうになった。

くま弁の赤い庇の下にはちょっとした人だかりができていた。

テレビで白鳥あまねがくま弁を紹介してから四ヶ月が経つが、一度火の付いた人気はまだまだ衰えるところを知らない。

「小鹿さん」

呼ばれて振り返ると、すっかり顔なじみになった常連客の黒川が立っていた。

七月とはいえ夜は冷え込む。黒川は夏用らしい淡色のジャケットとともに、いつも通り香水とアルコールの匂いを纏(まと)っていた。

「混んでますね」

「ねー。僕はさっき注文して、待ってるところなんですけど。最近いつ来ても混んでるんですよねえ」

今は二十一時を回ったところだが、それでも店の前で十人以上待っている。

注文を受けてから調理するくま弁のスタイルだと、この人数を捌(さば)くのにはかなり時間がかかるだろう。

「ちなみに、ザンギ弁当は売り切れ」

ザンギというのは要するに唐揚げのことで、北海道ではこう呼ぶらしい。千春は悲痛な声を上げる。

「ええっ!?　今日、ザンギの気分だったんですよね……」

「最近出た雑誌に載ってたからかな。今日は開店一時間で売り切れだそうですよ」

「はあ……」

千春の口から、溜息のような声が漏れた。

最近ではタウン誌や地方局のみならず、全国流通しているライフスタイル誌のお弁当特集なんかでも紹介されている。ワンコイン、客一人一人に向き合う営業姿勢、そしてユウの作る弁当の美味しさ。くま弁の良さが広く知られるのは嬉しいし誇らしいが、こうも急激に人気店になると、好きな弁当を買うことも難しい。

ぐうう、とおなかが鳴った。

今日は夕方からずっとザンギ弁当のことを考えて頑張ってきた。売り切れは心理的ダメージが大きい。ジューシーな鶏もも肉と白いご飯のことしか頭になかったのに、今更他の弁当を頼めと言われてもなかなかぱっと切り替えられない。

「買いにくくなっちゃったなあ……」

思わずぽろりと本音が漏れる。黒川が目の前にいることを思い出して、慌てて言い繕う。

「あ、いや、勿論、人気になったのは喜ばしいことです、はい」

「いやいや、買いにくくなっちゃいましたよね。しょうがないですけど」

黒川も笑って同意した。

千春はくま弁が好きだ。

店主の熊野のおおらかな人柄も、玉子焼きも、ユウのお弁当も、ちょっとしたやり取りも好きだ。

最近くま弁がひどく混んでいて、食べたいお弁当が売り切れて、なかなか食べられないことがある。それでも通うのはくま弁が好きだからだが、あまりに忙しそうだと、ユウと世間話もできないし、体調を考えたオススメ弁当を教えてもらったりもできない。

そこまで混んではいないが、潰れるかと気を揉むほどでもない、あの適度な混み具合が戻ってくることは、もうないかもしれない。

くま弁が人気になって、お客さんがたくさんくるのは嬉しいけれど、それを素直に喜べない自分がいて、なんだか嫌になってしまう。

冷たい風が吹き抜けて、千春の髪と麻のストールを巻き上げていく。

もう七月に入って一週間が経とうというのに、そのあまりの冷たさに千春は震えた。

「小鹿さん？」

「今日は、帰ります……」

売り切れたというザンギ弁当以外の何を注文すべきか思いつかなくて、千春はとぼとぼと家路についた。

コンビニで豚汁と好きな筋子と鮭の親子おにぎりを買ったが、結局あまり食が進まなかった。

北海道の夏は湿度も気温も控えめで、概して過ごしやすい。

近年はなかなか暑い日も多いというが、それでも湿度が違うと千春は感じる。例年通りなら、八月もお盆を過ぎると涼しくなってしまうそうだ。

夏の夕刻、まだ十分に明るい通りを、人々が快活な足取りで行き交っている。

千春は百貨店のショーウィンドーの前で足を止めた。

ノースリーブのワンピースやシフォン素材のドレスを着て優雅にポーズを取るマネキンたち。青を基調にしたディスプレイは爽(さわ)やかだ。

クロッカスが春を告げ、桜と梅が一緒くたに咲いて、ライラックとルピナスが続く。

雪を被(かぶ)っていた土地は突如として花の街となり、梅雨をすっ飛ばして夏が来た。

桜餅(さくらもち)でも買って帰ろうかなとピンク色のシフォンドレスを見て思った。

だがそのとき、ぐう、と空腹の胃が蠢いた。桜餅じゃない、桜餅もいいが、今本当に欲しかったのはそうじゃない、と訴えているようで、千春はあえなくそれを認めた。

「……ザンギ弁当食べたい……」

ジューシーなもも肉にかぶりつきたい。よく味が染みて、ニンニクとショウガが効いていて、要するにごく普通の唐揚げなのだが、それでもやたらご飯と相性がいいあのザンギが食べたい。よその店ではいやだ。自分で作ってもあんなに美味しくできないのは、これまでに三回チャレンジして思い知った。

それに、ユウと久々に会話らしい会話をしたいとも思った。彼とはもう何週間もろくに話していない。弁当の注文と、挨拶と、会計の時のやり取りだけ。あんまり忙しそうで、話しかけても邪魔になりそうなのだ。

言葉が上滑りしない感じがして、彼との世間話は好きだった。

ザンギ弁当を買い損なったのが、昨日のことだ。

だが、こんなふうに定時退社できた日、今日は売り切れる前に並べるぞという日に限って、くま弁は定休日なのだ。

「はあ……」

とことん縁がないらしい。

仕方がない、鶏肉を買って帰って四回目の挑戦だ——と思った時、視線を感じて顔を上げた。

百貨店の前に立つ男性が、こちらを見ていた。

綿シャツにブラックジーンズというラフな恰好。目鼻立ちは整って、短めの癖毛はワックスで軽く動きがついている。

「ああ、やっぱり小鹿様」

千春と目が合って、初めて見る私服のユウは微笑んだ。

「あ、こ、こんにちは」

帽子とエプロンがないだけで、なんだか別人のように見えてしまった。

定休日だから、ユウもお休みで外出していたのだろう。

縁がない……と思った矢先の出会いに、千春は動揺していた。

視線を彷徨わせると、ユウが提げているシネコンのロゴ入りのビニール袋が目に入った。そうかパンフでも買ったのか、ということは映画を観たりしたのかな、何を観たのかな……。

久々に会話ができそうな状況だったのに、いざこうして街中でばったり顔を合わせると、言葉が出て来ない。

「最近、お店でお待たせすることが多くて申し訳ありません」

ユウにそう言われ、千春は咄嗟に優等生的返答をした。

「えっ、あっ、そうですね、でもお店が賑わうのはいいことですよね」

「はい、本当にありがたいことです。でも、どうにかしてあまりお待たせせずにできないかと試行錯誤中で……そのうち、落ち着くと思うんですが」

「でも、くま弁さん美味しいから。なかなか客足遠のかないと思いますよ」

勿論彼だってたくさんの人に自分の弁当を食べてもらえた方が嬉しいだろうが、その中でも千春のような常連のことも気遣ってくれている。

千春はそれが嬉しくて、同時になんだか申し訳なくなってくる。千春は、店の繁盛をちょっとは疎ましく思ってしまっていたから。

次こそは混んでても行こう……と腹を決めて、千春は尋ねた。

「最近は何が美味しいんですか？」

ぱっとユウの顔が明るくなる。帽子がないからか、いつもより目線が正面から合う気がした。表情もわかりやすい。

「今はイカが美味しいですよ！　大根と煮たり、炒めたり、フライにしたり……最近は定番弁当の仕込みを多めにしているので、二十二時くらいまでなら何種類かあると思います。でも確実にご希望のお弁当を確保したい場合は、お取り置きをお勧めしております」

「えっ」

そうか、取り置きか。その手があったか！

千春は突然差し込んだ光明に唇を震わせて飛びついた。

「じゃあ、明日の夜、二十一時くらいに行くので、ザンギ弁当一つ取り置いてもらえますか？　あっ、でも今プライベートですもんね、あとでお店に連絡……」

「いいですよ、承りました。お待ちしてますね！」

千春の喜びが伝染したのか、ユウもまた弾むような口調で、心の底から嬉しそうに微笑んでいた。

それから彼は生き生きとした顔でザンギについての講釈を簡単に垂れて、千春はタコのザンギとかタレをかけたザンギとかいうものの存在を初めて知って、いよいよ空腹が極まってきた。もういっそこの空腹を明日の夜まで持ち越したい気持ちさえあって、千春は別れ際にこう言った。

「おなかすかせていきますね！」

ユウは千春を見つめると、ちょっと眉をひそめて言い返した。

「ものには限度がありますよ」

「……わ、わかってますよ」

なんだか心を見透かされた気がして千春はたじろいだが、相変わらず鋭いユウがおかしくて、思わず笑った。彼のこういうところが面白い！

さあ、ザンギだ！

千春は喜びの雄叫びでも上げたいくらいだった。

取り置きできたことに気をよくした千春は、ユウとの会話の直後、勢いに任せて百貨店に飛び込み、ライトピンクのシフォンブラウスを購入していた。

翌日の残業後、おろしたてのそのブラウスと白い七分丈のパンツ姿で、意気揚々と地下鉄の駅から地上へ出る。足取りは軽い。雨で視界が煙るほどだったが、まったく苦にならない。

その日は朝からざあざあと雨が降り続き風も強いという大荒れの天気で、さすがの人気店も客足が減っていた。

酔っ払った客が、弁当片手に千鳥足で千春と入れ違いに出て行く。他に客はいない。

「こんばんは」

「小鹿様、いらっしゃいませ」

客を見送ったユウが、愛想良く対応してくれる。

「ザンギ弁当お一つでよろしいでしょうか？　取り置いてございますので少々お待ち下さい」

ああ、雨には降られたが楽しみだ。千春はユウが鶏肉を揚げるのを待つ。パチパチという揚げ油の音に気分が浮き立つ。

「今日は熊野さんはいないんですか？」

以前は時々店を抜けていた店長の熊野も、最近は店にいることが多かった。さすがにユウ一人では客を捌き切れないのだ。

「熊野は二階におります。お呼びしましょうか？」

「いえ、大丈夫です。最近はずっとお店にいらっしゃったので、珍しいなと思っただけです」

「今日はこの雨でお客様も少ないので」

「ああ、そうですよね。前来た時はこの時間でも結構人が……そういえば、この間、黒川さんと会ったんですけど、雑誌見せてくれましたよ！　ほら、お弁当特集の……」

そのとき千春の背後で自動ドアの開く音がして、来客に気付いたユウが顔を上げて挨拶をした。

しようとした。

「いらっしゃ――」

だが、彼は最後までは言えなかった。

絶句して、口を開いたまま固まって、ただ入ってきた客を見ていた。

千春は不思議議に思って振り返った。

入ってきたのは、身長185はあろうかといういかつい男性だ。猫の刺繡が入った白いジャージの上下と見事なポンパドールを作ったリーゼントヘアが異彩を放つ。

お客さん？だよね？と思うのだが、ユウの反応もちょっとおかしいし、男性も男性ですごい目付きでユウを睨みつけている。

彼は肉の薄い唇を開いて、低い声を発した。

「アニキ……」

えっ。

千春はジャージの男性と、ユウとを見比べた。別に似ていない。男性は鋭い切れ長の目、ユウは二重でぱっちりしてるし、鼻の形も、顔の輪郭も、身体の線も、あまりに違い過ぎる。

ユウが何か言う前に、男性は突然ぶるぶると震え始め、目に涙を溜めて、ユウに向かって突進した。

「アニキィ！」

カウンターを破壊しかねない勢いに、千春はひっと息を呑んで横に避けた。

「わあ!?」

巨漢が突っ込んで来て、ユウが思わず声を上げる。相手が伸ばしてきた両手を、ユウは避けられずにがしっと摑む。カウンターを挟んで、取っ組み合っているみたいな図になった。

「えっ、ええっ」

千春はただ狼狽えて声を上げるだけだ。

「会いたかったぜ、アニキ！」

男性は手を摑んだまま、そう言った。なんだか涙声に聞こえる。

一方のユウは、怒るでも怯えるでもなく、ただ驚いた様子で目を丸くする。

「ショウヘイさん？　あの、どうして、当店に……」

ユウが尋ねると、男性はユウからぱっと手を放し、ジャージの尻ポケットに丸めて入れていた雑誌を取り出して、カウンターの上に叩き付けた。

それは全国流通のライフスタイル誌だった。毎回の特集ではアウトドアからファッション、文芸、グルメまで、様々なジャンルを取り上げている。

その号の特集はお弁当で、千春も黒川から見せてもらっていた。

ユウが付箋のあるページを開くと、くま弁が一ページまるっと使って紹介されている。

「……よくわかりましたね」

ユウは感心したように、というか若干引いた様子で呟いた。気になった千春もページを覗き込むが、くま弁の店舗を正面から写した写真と、弁当の写真しかない。さらに目をこらす千春に、男性は無言で店舗写真を指さした。

自動ドアの向こうに、小さな人影が見える。

「えっ……これで？」

思わず口に出すと、男性は得意げに千春を見やった。恐れ入ったか、という顔だ。

確かに人影はあるが、人物の特徴としてわかるのは帽子とエプロンくらいで、つまり顔立ちなんてほとんど判別できない。そもそも、これがユウだと教えられているからまだわかるが、何も前情報なくこれを見てユウだと特定するのは千春には正直不可能だ。

「ショウヘイさんは、なんというか、時々凄いことをなさいますね……」

しみじみと感じ入ったようにユウは呟く。

「人のやらねえことをやれってのが俺の親父の教えなんですよ」

やらないというか、普通はできないと思うのだが。

これ、あれかな、ストーカーかな、とちらっと千春の頭に言葉が過ぎった。

「それでは、この雑誌の記事を元に、くま弁まで訪ねてくださったのですか？　東京から？」

男性は鼻の頭を掻いて言う。

「まあ、アニキの飯のためですから。でも、いきなり店辞めたって聞いた時はほんと心配したんですよ？　だってほら、百貨店出店の話もあったし、これからって時で、俺も楽しみにしてたのに。いったいどうして――」

そこまで言って、彼はユウのなんともいえない曖昧な、困ったような表情に気付いて、言葉を切った。

「……とにかく！　俺は飯食いに来たんです。アニキ、一つ弁当作ってくださいよ。ほら、この魔法の弁当ってやつ！」

そう言って彼は雑誌の紹介文を指差す。

『魔法の弁当』。

最初にくま弁をテレビで紹介した白鳥あまねが使って以来、そのフレーズはたびたびメディアに使われている。客の願いを叶える、魔法の弁当を提供する店――別に、熊野やユウがそう謳ったわけではないのだが、今ではすっかり定着してしまって、時々無理難題を言う客もいる。この間なんて、『気にくわなかったら料金は払わない』とまで言った客もいた。まあ、結局子どもが生まれた直後で浮かれていたことを言い当てられ、お祝い弁当を作ってもらっていたが。

「どのようなお弁当をご要望ですか？」

ユウはいつもと変わらぬ愛想の良い笑みで、男性にそう尋ねた。果たして無理難題系なのか、それとももっと可愛らしい要望なのか――。

「とにかく美味いやつ！　千円くらいで、とびきり美味くて元気が出るやつがいいです！　俺、明日発つんで、それまでに作ってもらえますか？」

千春の懸念をよそに、男性は朗らかにそう言った。

「もう、これが人生最後の飯でもいいってくらいのやつで」

やけにさっぱりとした、笑顔で。

最後の、飯。

（え？）

その表現に引っかかって、千春は思わず眉をひそめた。

ユウはまじまじと男性を見つめていた。

視線に気付いてか、男性は、はっとした様子で、すぐに訂正した。

「あっ、すんません！　そんな深刻な話じゃないんですよ。俺は、いつでもこれが人生最後の飯かもしれないって思って食ってるんで。そうすると、納得してね、後悔なく生きていける気がするんです。飯だけじゃなくて、なんだってそうですよ。仕事だって、なんだって。だから、そういう心意気で作って欲しいってくらいの話で」

なるほど。確かに気合いの入っていそうな見た目だし、彼は自分にも他者にもそういったことを求めるタイプの人なのかもしれない。何しろ、わざわざ東京から来る時点で、気合いの入り方が違う。

ユウはじっと男性を見つめ、それからいつもの笑顔で請け負った。

「かしこまりました。お弁当のお引き渡しは明日の何時頃にいたしましょう?」

「あっ、昼頃がいいんですけど、お店開店してないですよね」

「お昼でも大丈夫ですよ」

「じゃあ十二時に来ますね。嬉しいなあ、アニキの飯ほんと久々ですよ。これで俺も思い残すことないです!」

ユウは少し困ったような顔で男性を見つめて言った。

「承りました。ショウヘイさんのためだけに、お作りしますね。それで、明日は何時の飛行機ですか?」

「ああ、明日は俺、飛行機じゃなくて、あの、実家帰るんです。道東の。ずっと帰ってなかったんですけど、だから汽車です」

北海道の人はしばしば線路を走る列車のことを電車ではなく汽車という。というのも北海道の鉄道は電化率が低く、ディーゼル駆動の気動車、つまり汽車が多く走っているからだ。

「帰省されるんですか」

「はい……あの、へへ、まあその、たまには親孝行でもってんで。十八で上京してから、全然帰ってなかったもんで」

見たところ、男性客は二十代半ば、千春と同年代くらいだ。何年も帰っていなかった故郷に帰る……さっきから、千春は他人の個人情報が勝手に耳に入ってきて、居心地が悪くなってしまう。

もぞもぞ身じろぎする千春に気付いて、男性がすまなそうな顔をした。

「あ、悪いな、姉ちゃん。話し込んじまった」

「い、いえ……」

店に入った直後は鬼気迫る表情とファッションのせいで強面に見えたが、こうして見ると表情豊かで愛嬌がある感じだ。

「それじゃ、接客の邪魔しても悪いから俺ぁもう行きますね！」

「はい……」

どこか名残惜しそうな様子が、ユウの顔にちらりと過ぎった。いつもにこにこ気持ちのよい笑顔で接客をするユウが、珍しく感情を出したように見えた。久々の再会は彼にとっても喜ばしいものだったということか――いや。

ユウの口元が微かに動いて、迷うように閉ざされる。

何か、言いたげだ。

千春は咄嗟に、声を張り上げた。

「たっ、玉子焼きって売り切れてますか⁉」

「？　ええ、申し訳ありません。あ、よければ今からお作りしますが、いかが……」

「はいっ、あの、是非、ユウさんの玉子焼き、追加でお願いします！」

ユウさんの、というところを強調して、はっきりと発音した。

自動ドアを開け、出て行こうとしていた男性客の足が、ぴたりと止まった。

「かしこまりました」

ユウは答えて、玉子焼きを作るべく手際よく準備を始める。

その様子を気にして、戻ってきた男性客がカウンターを覗き込む。ジャージの背中では、可愛らしい猫の刺繍が躍っている。

「アニキの玉子焼き？」

興味津々、といった様子で尋ねる男性に、千春が後ろから声をかけた。

「あ、あの、店長の玉子焼きが売り切れてる時に、ユウさんが作ってくれることがあるんです……」

「へえ！　そういえば、アニキの玉子焼きって食べたことねえなあ」

「よ、よかったらいかがですか、って、なんだか、私お店の回し者みたいですけど……」

あ、あはは、と千春はひきつりながらも笑う。男性客の方は、千春よりよほど楽しげな笑みを返した。

「いいねえ。よし、アニキ、俺も玉子焼き一つお願いします！　こっちは今持って帰るんで！」

「かしこまりました」

どこか嬉しそうにユウが答える。

――とにかく、あのまま帰さずに済んだ。

男性が帰ると言った時のユウの表情が気になって、咄嗟に引き留められそうなことを口走ったが、ここまでうまくいくとは思わなかった。

だが、引き留めたものの、どうするのかというアイディアは千春にはない。ユウの方は彼に話しかけたそうにしつつも、コンロに向かうとどうしてもこちらに背中を向ける形になって話しにくい。

（あっ、そうか、そうだよね……）

ユウは何を言うつもりだったのだろう、何を言いたかったのだろうとぐるぐる考えたが、結局よくわからない。

だが、千春自身も、彼のことがなんとなく気になった。

いかつい見た目に反して、ちょっと放っておけない感じがしてしまう。

「あっ、あの、可愛い猫ちゃんですね！」

千春は色々迷って悩んだすえに、そう声を発した。

男性は千春を振り向いて、彼女が自分の背中を指差しているのに気付いて破顔した。

「あんた、よくわかってるじゃねえか。こいつは俺がデザインしたんだぜ」

「えっ」

ラベンダー色の猫が寝起きのように伸びをしているさまは本当に可愛くて、目の前の男性の頭からこれが出て来たのかと思うと不思議な感じがする。

「俺ぁアパレル会社の経営をしててよ。この猫の刺繍入りジャージで業界に新風を起こしたんだ。『フライング・キャッツ』といえば、ちょっとは名の知れたブランドなんだぜ？」

「そうだったんですか」

白いジャージに猫の刺繍はちょっと千春には着づらいが、そんなことを言い出したらパリコレの服だって同じだ。

世の中に流通している数多の服のうち、千春が選ぶのはだいたい地味でおとなしくて、どちらかというとおもしろみに欠けるものが多い。そういうものが、安心するのだ。

だから、こういう新しい感性のものを生み出せるのは、純粋に凄いなあと思う。

まじまじと刺繍を眺める千春に気を良くしたのか、男性は懐から名刺を取り出して、千春に渡した。社名の下では数匹の猫が寝そべってひなたぼっこをしている。千春は思わず叫んだ。

「可愛いですね！」

「ふふん、だろう？　やるよ」

「あ、ありがとうございます……」

まさか名刺をもらうとは思わなかった。華田将平という名前の下にも猫が描かれていて、こちらを窺っている。正直、女子かな？　というデザインだ。

なるほど、華田さんというのか、と千春は記憶に刻み込む。そういえば、ユウはショウヘイさん、と呼んでいた。名前で呼ぶのは親しさの表れだろうか？

「ユウさんのお弁当のために東京からなんて、凄いですね」

「まあな。アニキの飯はそんだけ特別だからな」

華田は誇らしげに胸を張り、突然遠い目をして思い出話を始めた。

「アニキの店で初めて食った時は、俺ぁ上京して二年くらい経った頃でさ。色々夢見て東京行ったけど、なっかなか上手くいかなくてよぉ……仕事もへまして殴られるし、自炊しようにもスーパー行っても売ってる魚違うしよ、あー、元気出ねえなあって思ってたら、こじゃれた店に看板が出ててよ。今日のお勧めはどこどこ産のなになにですーって説明のとこに、俺の故郷の名前があったんだよ。故郷の牡蠣だよ！　嬉しかったねえ。思わず飛び込んだもんよ、そのこじゃれた店によ。もう、店の中女臭いったらねえよ。女子校の食堂でも入っちまったかと思ったぜ」

「はあ……」

どんな店だったんだ。女性受けがいいということは、カフェレストランとかバーとか、そんな感じだろうか……？　ちょっと気になったが、口を挟める雰囲気ではなく、華田は滔々と語り続ける。

「あん時もアニキはこんなふうにカウンターにいてよ、それで俺は、あの外の看板見たんだけど、牡蠣まだあるかって聞いたのよ。俺の出身地の牡蠣なんだって、なんか話しちまったのよ。そしたらアニキ、顔をこう、ぱあっと輝かせて、そうなんですか、あそこの牡蠣はどうたらこうたらって、すげー一方的に牡蠣誉めまくってくれてよ。席に案内してくれて、メニュー持ってきてくれて、その間中ずっと牡蠣の話してんの。いろんな産地のやつの特徴とか、どう食べるといいとかも。俺、まあ、正直別に牡蠣が好きってわけじゃなかったし、牡蠣の養殖とかも全然興味なかったんだけど、アニキの話聞いて、びっくりしちまってよ。東京によ、俺の故郷の牡蠣の良さをどう活かすかってことにこんなに真剣な人がいるんだなんて思わなくて、なんかこう、感動しちまって……」

ずずっと彼は鼻を啜った。今は泣いてはいないが、もしかしたら、その時は泣いてしまったのかもしれない。

「あん時食った牡蠣ほど美味いもん、ねえよ。冬のよ、ちょうど、真牡蠣の美味い季節だったんだ」

なんだか千春までつられてちょっと感動してしまった。

だが、そこへユウの苦々しげな声が飛んだ。

「ちょっと、あの……ショウヘイさん、やめてください」

「なんでですか？」

「だって僕、興奮しちゃってあとから我に返って恥ずかしくなっちゃったんですよ、その時」

「えー、いいじゃあねえですか。アニキの情熱が伝わってくる、いい話でしたよ！」

ユウは渋面だ。

「まあとにかくそんなふうにして、俺はアニキの大ファンになったんだ。そのうち俺も独立してよ、フライング・キャッツが当たって、忙しくなってよ……その後も、時間見つけてはアニキの店行ったんだ。それがよ、ちょっと忙しくて二、三週間行かない間に、アニキ店辞めちまっててよ……ま、とにかく会えて良かったぜ、ほんと」

「……ありがとうございます。どうぞ、玉子焼きです」

財布を取り出した華田に、ユウは言った。

「お代は結構です。僕からの……」

「いや、そりゃダメだ、俺が注文したんだから俺が払いますって」

「いいえ」

穏やかな、真っ直ぐな目でユウは華田を見つめる。華田も何か思うところがあったのか、頷いて、玉子焼きの入った袋を受け取った。

「アニキ……あの、俺……」

何か言おうというのか、華田は口を開き……しかし、途方に暮れたような顔をして、また口を閉じてしまう。

そして、にかっと笑って、右手でばんばんとユウの肩を叩いた。

「ありがとうございます、アニキ。俺、明日の弁当楽しみにしてますから！」

「ショウヘイさん」

声をかけようとするユウに背を向けて、華田はぱっと店の外に飛び出した。

「あ……」

雨が降る中を、傘で玉子焼きとポンパドールを守りながら、ばしゃばしゃと水を撥ね散らかして駆けていく。

突風みたいなひとだった。

千春は少しの間呆然と彼を見送り、それから、ユウを見やった。ユウはどこか考え込むような、深刻そうな表情を浮かべていたが、千春の視線に気付いて、ぱっと笑顔を作った。

「お待たせしてしまい大変申し訳ありません。ただ今ザンギ弁当と玉子焼きご用意いたします」

何か困っていることがあるのなら、相談してほしい──そうちらりと思ったが、残念ながら打ち解けたといっても季節の話とか、食べ物の話を少しするくらいの関係だ。千春だって、ユウに何か深刻な問題を話したことはない。

千春はただ曖昧(あいまい)に微笑んで、弁当を待った。

まだ温かな白いごはんの横に、大きなザンギがごろごろ入っている。副菜は梅の和(あ)え物とポテトサラダなのだが、ザンギが圧倒的すぎてやや隅に押しやられている。このボリュームだ。ザンギを食べたい、心から食べたいと思った時、求めているのはこういう、単純で、力強いものなのだ。
「いただきます」
いそいそと箸(はし)を割り、からっと揚がった鶏肉(とり)を摘(つま)み上げ、齧(かじ)り付く。熱い肉汁が溢(あふ)れて、脂でどうしても唇が汚れてしまう。味付けはにんにくとショウガが効いているシンプルなしょうゆだれ。口いっぱいにほおばって嚙むと、肉汁がじゅわっと溢れてくる。

それが本当に熱くて、千春は涙目になって咀嚼する。

「ふわっ、あつ、つ……」

ああ、でも、それが幸せ。

あつあつのザンギ、それからご飯、箸休めに和え物、懐かしい味わいのポテトサラダ……と順序よく食べていく。大きなザンギが一つまた一つと千春の小さな口の中に入って、肉汁と脂を弾けさせ、喉からおなかに落ちていく。

弁当を平らげるまでに、ゆっくり嚙んで食べて、およそ十五分。玉子焼きは半分残して明日の朝食にする。

色々気になることはあったが、とにかく今はおなかが満たされて心も満たされた……千春はしばし空の弁当箱を前に目を閉じ、余韻に浸った。

幸せだなあと思う。ユウの弁当は幸せな気持ちになれる。そもそも食べ物というのは基本的には幸せになれるものだと思う。

あの客は――『ショウヘイさん』は、どんな気持ちでユウの弁当を食べるのだろう。

ふとそんなことが気になった。

どうしてそんなことを思ったのかと、千春は色々考えた。確かに印象的な人物だった。同じユウのファンとして、彼ほどのレベルには自分は到達できないんじゃないかとか、そんなことを考えてしまう。だって、いくらユウの弁当が大好きだといっても、東京から札幌まで、不鮮明な写真一枚を根拠に移動できるだろうか？　それはもう、とんでもない熱量の情熱なのだ。

「これが最後でもいいってくらいの……」

そんなことを彼は言っていた。そこまでの情熱を持って行動して、ついにユウの弁当を食べられたら、本当に死んでしまいそうだなと考えて、千春は、ははは、と思わず笑ってしまった。文字通り、食べて死ぬなんて、そんなことがあったら最後の食事ってことになってしまう――

笑いが、凍り付いた。

（ん？）

まさか、いやいや、と千春はすぐに浮かんだ考えを否定した。だいたい、仕事にも情熱的に見えたし、健康そうだし、到底すぐにどうこうなるような病気にかかっているとは思えないし……。

千春は、凄く失礼なことを考えてしまったなと思い、反省しつつ、スマートフォンを取り出した。彼のデザインした猫があまりに可愛らしかったので、千春でも手に入れられそうなグッズでもあれば――ペンケースとか――使ってみたいなと思ったのだ。

さすがにジャージはちょっと難易度が高いが。

だが、検索結果の一ページ目に出て来たサイトの文章を見て、千春はスマートフォンを弄(いじ)る手を止めた。

『フライング・キャッツ』などのアパレルブランドで知られる金剛(こんごう)商事が、資金繰りの悪化により裁判所より破産手続開始決定を受け——


頭の中で彼の発言が別の意味を持ち始める。

最後の——それは本当に、さいごの。

幸い、まだ着替えてもいなかった。千春はスマートフォンをポケットに突っ込んで、走れるようにパンプスではなくスニーカーを履いて駆け出した。


「ユウさん！」

千春が駆けつけた時、ユウはまだ店にいて、店内の掃除をしていた。

「小鹿様。どうされましたか？」

「華田さんの会社のこと知ってましたか⁉」

ユウは訝(いぶか)しげだが、すぐに何か察して、千春から渡されたスマートフォンの画面に見入った。

「倒産……」

「今年の春に倒産してたんです」

記事はごく短く、どんな経緯で倒産したかはわからない。どうも官報の記載を元に企業破産などの情報をまとめているサイトらしい。

「ユウさん、ど、どうしましょう⁉」

「えっ、どうとは……」

「だって！」

千春は、スマートフォンを握りしめたまま、震える声を絞り出した。

「だって、ユウさんのお弁当食べたら、あの人死んじゃうつもりなんじゃないですか⁉」

ユウは、小さな声で、まさか、と呟いた。

だが、その顔は蒼白で、それ以上の否定の言葉は出てこなかった。

「あれ？　小鹿さん？」

厨房の奥から熊野が出て来たのは、そんなタイミングだった。

千春は店の奥、ユウらの使う休憩室に通された。

事情を聞き、深刻そうな二人のようすを見た熊野が、とりあえずお茶でも飲んでいって、と誘ってくれたのだ。

熊野の淹れてくれたほうじ茶は、熱く香ばしく、夜風と雨で冷たくなった千春の身体を芯から温めて、ほぐしてくれるようだった。

「ユウ君が弁当作ったら、死んじゃうかもしれないって？　その人、病気か何か？」

熊野はどうやら腰を痛めているらしく、時折腰を擦って顔をしかめていた。

千春はかぶりを振る。

「わかりません。元気そうには見えましたけど……」

元気で、頑健そうに見えた。少なくとも末期の病人というふうには見えなかったが、鬱状態とか、ぱっと見てわからない病気を抱えている可能性はある。

「末期の病人てさ、ほんとに何も食べられなくなっていくんだよ。喉越しのいいものも受け付けなくなっていってさ。その兄さん、そんだけ元気なら、少なくとも今日明日の命ってわけじゃないんだろう。ってことは、弁当食ったら自分で終わりにしちまおうって考えてるってことかい？」

結構あけすけに言われて、千春はぎょっとして、返事に困る。

千春の返事を待たず、どこか憤慨したようすで、熊野は呟いた。

「俺なら、そんなやつには作らないね。だって、飯ってのは、生きるためのもんだよ」

腰を擦りつつ、厳めしい顔で。

「また明日からも、生きるためのもんだ」

その言葉が、千春の胸に響く。

「明日、からも……」

千春がそう繰り返したとき、扉が開いて、ユウが顔を覗かせた。

「お疲れさん。あとは俺がやっとくから」

「店長、小鹿様」

「はい、すみません……」

熊野は部屋を出て、入れ替わりでユウが入ってきて、千春の前に座り、ぺこりと頭を下げた。

「申し訳ありません、お待ちいただいて。遅い時間に……」

「いえ、大丈夫です。明日はお休みなので」

ユウはまだ青ざめた顔をしている。千春が言ったことがショックだったのだろう。

ショウヘイが、もしかしたら自殺を考えているかもしれない――なんてことを不用意に口にしてしまって、千春は後悔し始めていた。

千春がユウを混乱させてしまった。

「あの、すみません……変なことを言って」

「いえ」

ユウがはっとした様子で顔を上げた。

「ありがとうございます、小鹿様。ショウヘイさんのこと、心配してくださったんですね」

「それはそうなんですが……私、華田さんのこと、よく知らないのに、先走って勝手な想像をしてしまって……」

そう言いつつも、千春は自分の考えを否定しきれず言葉を濁す。

そして、ユウの反応からして、ユウもまた、千春の考えを否定できないでいるのだ。

「……よかったら、華田さんのこと教えてもらえませんか？」

驚いたようすのユウに、千春は言った。

「ユウさんの話を聞かせて欲しいんです。私じゃお役に立てないとは思いますけど、でも、人に話すと、考えがまとまることってあると思うので……」

ユウはしばらく黙って考えこむ様子を見せてから、頷いた。

「ショウヘイさんは、僕が前の店にいた頃の常連様なんです」

落ち着いた、いつも通りの穏やかな口調だ。

「すごく優しい方なんです。前の店でご年配の女性が道に迷って来店されたことがあって、幸いすぐにご家族と連絡がついたんですが、ご家族の方が迎えにいらっしゃるまで、ショウヘイさんがずっとそばについていてくださったんです。なんだか話が合うからって言って。僕もよく励ましていただいて、でも新メニューの感想なんかは結構率直で、面白い人で」

ちょっと話しただけの千春でも、ショウヘイの印象は決して悪いものではない。なんというか、爽やかな、気さくな人のようだった。

「善い人そうですよね、華田さん」

「ええ。隠し事ができない人で、ぼろぼろ考えてることを喋るんです。僕はお店でのショウヘイさんしか知らないのですが、あの人はいつも前向きでした。ですから、正直、今日は……」

言葉を選んで、ユウは言った。

「……お疲れのようすには見えました。いつもとは違いました。それで、小鹿様から会社のことを聞いて、納得したんです。確かにそれは、お疲れだろうと。ショウヘイさんがどこまでそのことを気に病んでいるかはわかりませんし、本当に小鹿様のご心配していらっしゃるような心境なのかもわかりません。ただ、そういうショウヘイさんを力づけるようなものをお作りできたらいいなとは思います。……でも、僕は正直、少し途方に暮れています」

途方に暮れる、とは、あまりユウの口から出るとは思えなかった言葉だ。何しろ甘納豆のない甘納豆赤飯とか、明らかに体調の悪そうな千春が注文したザンギ弁当とか、そういった問題にもユウはほとんど迷うことなく答えを出しているように見えていたから。

「食事ってなんでしょう」

ユウはその問いかけに自分で答えた。

「食事をすると、確かに元気になる人もいる。でも、僕の料理は魔法じゃありませんし、誰かの問題を解決することなんてできません。もしも本当にショウヘイさんが僕の料理を食べたら死ぬと決めていたら、僕にはどうにもできないんだと思うんです。むしろ、その行動への背中を押してしまうだけのように思うんです」

「じゃあ……作らないんですか？」

「そこなんです」

ユウは困り顔だった。

「僕は料理人で、ショウヘイさんはお客様で、僕の料理を期待しています。作らないわけにはいかないんです。作りたいんです。ショウヘイさんが死ぬのが怖いから弁当を作らないという選択肢はないんです……が、同時に、僕はショウヘイさんに死んでほしくないとも思っています。勿論」

それはそうだ。たとえ一見の客相手だって、ユウはそう思うだろうし、それがショウヘイならなおさらだろう。

だが、それとは別に、求められた仕事をやり遂げたいとユウは思っている。

「……それは、困りましたね」

途方に暮れている、というユウの言葉に納得する。

「でも、一つ、ユウさんの話を聞いて、私からも言いたいことがあるんですが……」

「はい、なんでしょうか」

千春はちゃぶ台越しに、ユウの方へ身を乗り出した。

「ユウさんは、ご自分のことあまり評価してないみたいですけど、私、ユウさんのお弁当のおかげで、すごく……助けられたんです。もう覚えていないのかもしれませんけど、私が初めて店に来た時の、鮭かま弁当……」

「覚えていますよ」

てっきり数多のお弁当の一つに過ぎないと思っていたので、千春は少し意表を突かれたが、気を取り直して続けた。

「なら、わかるはずです。ユウさんのお弁当、美味しくて、嬉しくて、私……私……しみじみ、よかったなあって思えたんですよ。だからきっと、華田さんも、そう思ってくれますよ。来てよかったなあって、ユウさんに会えて、生きてて良かったなあって。これからも頑張ろうって、そう思えるように、なりますよ、きっと」

「……それは、ありがとうございます」

ぎこちなくそう言うユウの口元が僅かに歪んでいて、照れ臭そうだなと千春は感じた。

だが、彼は結局首を横に振ってしまう。

「でも、それは結局、問題を解決したわけではないと思うんです。小鹿様の気の持ちようですよ」

「その気の持ちようが大切なんじゃないですか。そのあと問題を解決するかどうかはその人次第ですけど、少なくとも、ユウさんはそのきっかけを与えてくれたんです」

「僕の弁当はそんな大層なものじゃ……」

「私にとってはそうだったんです。実例がここに一つあるんですから、もっと、あの、自信持ってください」

千春は、本当にそう信じて、ユウの目を見て言った。

「ユウさんは、最高のお弁当屋さんです。私が証人ですから、自信を持って、いいと思ったものを作ってください。それから、あとのことは、お友達として、接するしかないんじゃないでしょうか」

「お友達」

「そうですよ」

千春は言ってから、はたと気付いて顔をしかめた。

「え……っと、違いましたか？」

「………」

ユウはしばらくの間千春の顔を見つめて沈黙した。

千春も最初はショウヘイをストーカーかと思ったくらいだが、話を聞いた限りでは、ユウもショウヘイの人間性を好ましく思っているのは伝わってきたし、ショウヘイも、ユウの料理だけではなく人柄に信頼を寄せているようすだった。そうでなければそもそも『アニキ』なんて呼ばないだろう。そして、ユウもそんなショウヘイを気遣い、心配している。だから、てっきり、友人と呼べる間柄なのかと思ったが、ユウとしては、あくまでショウヘイは常連客という位置づけだったのだろうか。

「えっ……あ、もしかして友人じゃなくて、舎弟とか……？」

千春がそう言うと、ユウは呆れた顔になって、それから笑った。

「舎弟って……どうしてそうなるんですか」

「だって華田さん、ユウさんのことアニキって慕ってるじゃないですか」

「あれはやめてくれと言ってもそう呼ぶんですよ……」

ユウは溜息をつき、しかしどこか嬉しそうに、呟いた。

「そうですね。ショウヘイさんは僕の友人です」

なんだ、やっぱりそうか。

「じゃあ、お弁当を作って、あとは、それはそれとして説得しましょう」

「それはそれとして、ですか」

「大丈夫ですよ、ユウさんのお弁当って、凄い効果あるんですから。自分が特別、みたいな気持ちにさせてくれるっていうか……私だけに作ってくれたんだって思うと、それだけで、本当に嬉しくなっちゃうんですよ！」

口にしてから、千春ははっとした。

「あ……これ、なんかすごい寂しい人みたいな発言に……」

弁当屋の弁当を自分だけに作ってもらえたと喜ぶのは、大分心が疲れている人のような気がする。案の定、ユウからの憐れみの視線を感じた。

「小鹿様……」

「あっ、同情的な目で見るのはやめて！　やめてください！　惨めな気持ちになります……！　でも、本当に、そうなんですよ！　ユウさんが、私だけのために作ってくれたって……それだけで、なんだか、一人じゃないっていうか、気遣ってもらえたっていうか……自分を、大切にしようって思えたんです。本当ですよ」

「別に疑ってませんよ。ともかく、ありがとうございます」

そう言って、やっぱり半分呆れたような、根負けしたような顔で微笑む――そのとき、千春は気付いた。

たぶん、ユウは、照れているのだ。

「小鹿様にこうまで励ましていただいたんですから、ぐだぐだ悩んでいられませんね。ショウヘイさんが少しでも前向きな気持ちになれるお弁当、作ります。ショウヘイさんも、もしかしたら本当はそのために来てくれたんじゃないかっていう気もするんです」

「そ……そうですね！　前向きに考えましょう」

「問題は、どういう弁当にするか、ですね……」

「うーん……明日(あした)からも生きるためのお弁当……」

「明日からも？」

ユウに聞き返されて、千春は説明した。

「さっき、熊野さんがおっしゃってたんです。食事って、明日からも生きるためのものだって……そうだなあって、私も思って……そう力づけられたら、いいなあと思ったんです」

「力づける、というよりは……」

　ユウは何か考え込むようすで呟いた。

「動機付けをすることなら、できるかもしれませんね」

「動機付け……ですか？」

「勿論、僕にできるなりに、ということですが。ただ、何しろショウヘイさんは、あの写真一枚を頼りにここまでいらしたような方なので、あるいは有効かも……」

　あの執念は凄いと千春も思う。それを利用するということか。

　でも、どうやって？

　具体的なところを尋ねようとした時、店に通じるドアが開いて、熊野がその禿頭をにゅっと突き出した。

「こっちはもう店じまいにするぞ、ユウ君」

　はい、と答えてユウは立ち上がる。その顔を見て、熊野は、お、と目を見開いた。

「なんだい、すっきりした顔してるなあ。何作るか決めたのか？」

「はい。牡蠣弁当にしようと思います」

「えっ」

　千春は思わず声を上げ、熊野も眉を顰めた。

「おいおい、牡蠣って、今は――」

「牡蠣って、華田さんの思い出の料理ですよね？　動機付けっていうよりは、それこそ、未練がなくなっちゃいそうな気がしますけど……」

それぞれ勝手に喋って、異を唱えるが、ユウは落ち着いた声で答えた。

「小鹿様、店長、ありがとうございます。おかげで思い切ってやれそうです」

千春と熊野は顔を見合わせた。お互いに、不思議そうな、訝しげな顔をしていた。

❄

千春が店を出る時には、ユウは仕入れのためにどこかに電話していた。

解決したのならいいのだが、出て来た答えが牡蠣というのがなんだか解せない。

千春はやはりその後が気にかかり、休みだった翌日は、午前中を掃除や洗濯をして過ごしたあと、ふらりとくま弁に向かった。

昨夜とはうってかわって、空はよく晴れて、雲もほとんど見えない。

七月の日差しは北海道とはいえなかなかきつく、アスファルトの照り返しも眩しい。

だが、風はそこまで熱くはなく、じんわり汗の滲んだ肌を冷やして、吹き抜けていく。日陰に入ると、かなり涼しい。

店の前で、千春は立ち止まった。

シャッターが下りている。

店の前の黒板には横に別に準備中の文字。

従業員用には横に別にドアがついているから、ユウたちはこちらから出入りしているのだろう。

ユウが華田にどんな弁当を作ったのか、華田はそれを食べても本当に死んだりしないのか……外から窺うことはできない。

開店前だから当たり前だ。自分はいったい何を期待したのか。

千春は我ながら呆れてしまって、しばらく佇んでから、溜息を漏らしてシャッターに背を向けた。

そのとき突然横の扉が開いて、ユウが飛び出してきた。

「……あ、小鹿様」

彼は千春を見て、取り繕ったような笑みを浮かべた。

千春の顔を見て落胆というか、拍子抜けした様子なのは明らかだった。

「どうしたんですか、ユウさん」

思わず千春はそう問いかけたが、考えてみたら準備中の店の前にいる自分の方が『どうしたんですか』と問われる立場だ。

「あっ、私はちょっと、あの、用はないんですけど……」

「すみません、実はショウヘイさんがまだいらしてないので、気になってしまって……」

なるほど、それで千春がきた物音か何かに気付いて、外に出てきたのか。

時計を確認してみると、正午を十分ほど過ぎたところだ。

「十二時、の約束でしたっけ」

「ショウヘイさんは、いつも約束の時間ぴったりにいらっしゃるんです。五分と遅れたことがないんですが……」

「そうなんですか」

普段なら、たまたま遅れたと思えるだろう。

だが、何しろ昨夜の華田の様子はちょっと普通ではなかった。

もしかしたら、弁当を食べる前に……という可能性も……。

そこまで考えて、不安になった千春はユウを見やる。ユウもやはり、不安そうな顔をしていた。

「……そういえば、私昨日いただいたお名刺持ってきてるんですけど……」

「いえ、携帯電話の番号は伺っているので、僕が連絡してみます」

ユウが戻るのと一緒に千春も店内へ入り、ユウが店の電話を使う様子を見守った。

ユウはすぐに、顔色を変えて首を横に振った。

「電話が通じません」

「え」

「すみません、ショウヘイさんの名刺を貸していただけませんか？」

「は、はい！」

千春は鞄の中に入れて持ってきた名刺を取り出した。何か予感がしたわけではないが、念のため、なんとなく、持っていった方がいいような気がして持ってきたのだ。まさか、使う場面が本当にあるなんて思わなかった。

千春の手から名刺を受け取ると、ユウは番号を確認して、顔をしかめた。

「同じですね。別に昨夜伺った番号が間違っていたわけではないようです」

「え、じゃあどうして……」

「解約したのではないでしょうか。これは会社の名刺ですし、携帯電話も会社の名義で契約していたものなら、倒産して解約したはずですから」

「あ、そっか……！」

そうすると――どうなるのだろう。

やって来ない華田を、どう探せばいいのか。

そもそもどうして、華田は来ないのか。

（お弁当食べてから、って思ってた。でも、もしかしたら――もう――）

千春と同じことを考えたのか、ユウの顔も青ざめていた。

「……すみません、店長。僕ちょっと出てきますので、ショウヘイさんがいらしたら引き留めておいてください！」

ユウは店内にいた熊野にそう言うなり、エプロンを外して店の外に飛び出した。千春も驚いて、後を追う。

「あっ、あのっ、ユウさん、華田さん探すなら、私も……」

「大丈夫ですっ、僕は駅の方見て来ますから！」

「えっ、あっ」

ついていったからといって、どうなるものでもない――。

千春がいたら、華田は話しづらいこともあるかもしれない。

千春は足を止め、ユウを見送り、考えた。

（でも、探すなら、人手はあった方がいいよね――）

同じ場所を探しても仕方ない。千春は駅以外の、華田が立ち寄りそうな場所を考えた。

事情はよくわからないが、彼は落ち込んでいて、どこまで具体的なものかはわからないが、多少なりとも『終わり』を意識しているようだ。

そんな時、どこに行くだろう。

(高層ビル、踏切、断崖絶壁——いやいやいや!)

最悪の想像が頭を過ぎる。

ユウが駅に向かったのは、華田が弁当を受け取らずに故郷に帰ろうとしていると考えたからだろう。華田は汽車で帰ると言っていた。この辺なら札幌駅を利用するはずだ。

それ以外の、華田が行きそうな場所。

(わかんないけど——わからないけど、でも)

とにかく千春は駆け出した。

醤油だれの焦げる匂いが香ばしく、食欲を刺激する。

とうきびワゴンは茹でたとうもろこしや焼きとうもろこしを売り歩くワゴンで、夏の大通公園の風物詩だ。

花壇で飾られた公園は、札幌の中心部を南北に分断し東西に長く伸びる。元々は火災になった時延焼を食い止めるための火防線として作られた公園で、これを境に北に官公庁が連なり、南に繁華街が広がる。普段から市民や観光客の憩いの場として親しまれ、よく晴れたこの日は、大勢の人で賑わい、昼時でもあったので、ベンチに座ってテイクアウトのサンドイッチや弁当を食べている人も多かった。

そのベンチの一つに、鳩が群がっていた。

観光客が餌でもやっているのかと目を向けると、そこには鳩に囲まれたごつい男性が、ぼうっとした顔で座りこんでいた。

「華田さん!」

千春は思わず叫び、声に驚いたのか、鳩がばたばたっと飛び退いた。

だが図太い鳩はすぐに戻ってきて、華田が手に持つパンを啄む。

華田はパンを千切ってやっているのではなく、握りしめて持っているうちに勝手に食べられているようだった。

「華田さん……」

もう一度、今度は顔を覗き込みながら声をかけると、華田はようやく、千春の顔を見て、はっと息を呑んだ。

「あっ、ああ、誰だっけ」

「あの、ほら、昨日お弁当屋さんでお会いした」

「あー、あのねえちゃん!　そうだ、やあ、いい天気だな」

「はあ……」

千春はなんと答えていいかわからず、華田を見下ろす。鳩は華田が動かないのをいいことにどんどん横暴になっていって、ついには華田の手からパンを摑み取って飛び去ってしまった。

落ちたパンを狙ってまた大勢の鳩が群がり、華田はその様子をぼんやり見ている。

「あの、お弁当……」

言いかけて、千春は口を噤んだ。

もう正午を三十分以上過ぎている。十二時にという約束の時間を、彼も忘れたわけではないだろう。何しろ、彼の目の前の花壇には、日時計まである。

それでも、足を運べなかったのだろう。

どう切り出したものか迷いながらも、千春は彼の隣を指差した。

「す、座ってもいいですか？」

頷いてもらえたので、遠慮がちに、ベンチの端に腰を下ろす。

「……おなか空きませんか？」

「うーん」

華田は唸るばかりだ。

千春もそれ以上は何も言わず、華田と同じように、目を公園の様子へ向けた。

明るい日差しが注ぐ公園は、街の他の場所とは空気が違うような感じがした。

木々の葉が影を落とし、噴水の前では子どもが歓声を上げている。時の流れがゆったりしていて、いつまでもいたいような心地よさがある。

噴水と、緑を眺めて、綺麗だなあと千春は思う。

疲れた時に来たら、ちょっとほっとする、そんな場所だ。

「ねえちゃん、なんでここにきたの」

不意に華田がそう尋ねてきた。

「私時々ここ来るんです……」

千春は正直に答えた。

「ぼーっとして、お日様に当たって、他人が楽しそうにしてるのを見ていると、なんだか気持ちが少し落ち着くんです。いただいた名刺に描いてあった、日向ぼっこする猫のイラストを見ていたら、ここのこと思い出して……外でぼうっとできるところって色々あるとは思うんですけど、個人的には、ここが近くて、肩の力抜けて、いいかなあって……」

「……ふーん」

今日の華田は脱力していて、昨日とは別人のようだった。気力も心もどこかに飛んでいったみたいに、彼はただ鳩を見ていた。

そうして、空を見上げて、魂が漏れ出すような声を上げた。

「……あーあああああ……」

どうやら、それは溜息らしかった。

いきなり、頭を抱えたかと思うと、長々とまた溜息を漏らして、彼は伏せた顔を手で覆ったまま、言葉を吐き出した。

「俺、会社潰したクソ野郎なんだよ……」

通じなかった電話の理由を、彼はぽつりぽつりと語り始めた。

華田のデザインしたジャージはちょっとやんちゃをしている系の人たちにウケ、当初は好調な売り上げをキープしていた。だが、海外製品の安さに押され、徐々に売り上げは減少、焦った華田は投資詐欺に遭い、金を持ち逃げされた。

結局その損を回収できなかった会社は、運転資金の不足からあっさりと倒産してしまった。

「昨日は着いた勢いでアニキのとこにも行けたけどよ、なんか一晩おいて我に返ったら怖くなっちまって。だって、アニキが俺のこと調べたらすぐにわかるんだよ、ああ、倒産したんだって。それなのに俺変に見栄張っちまってたし……周りにいっぱい迷惑かけちまったしよお、取引先も……従業員も……アニキだって、会社のこと知ったら、俺のこと軽蔑するんだ。今まで散々偉そうなこと言っててよ、倒産なんてよ……破産なんて……アニキに嫌われたくねえよ……」

会社が倒産したから、会社名義の携帯電話は解約され、電話も通じなかった。

「それに……もう俺にはそんな資格ないんじゃねえかと……」

「資格？」

驚いて千春は聞き返した。

華田は、相変わらず顔を伏せたまま呻くような声で答えた。

「そうだよ、資格だよ。アニキの飯は特別なんだ。アニキが魂込めて作ってくれてんだ。それを食べさせてもらうなら、俺だって半端じゃダメなんだよ。今の俺には、アニキの飯を食う資格なんて……」

「ユウさんのお弁当食べるのに資格なんていりませんよ！」

思わず大きな声で反論すると、華田がびっくりしたようすで顔を上げた。

「いや、でもアニキの飯は……」

「華田さん、お金払うんでしょう？　くま弁で、周りのお客さんやユウさんたちに迷惑をかけたわけでもないでしょう？　それなら十分じゃないですか。会社倒産させたからってお弁当食べちゃいけないなんて変ですよ！」

「それは……いや、でも……」

「ユウさんに会うのが怖いっていうのも結局自分の気持ちの話じゃないですか。ユウさんがせっかくお弁当作ったのに、食べないなんて、そんなのユウさんを傷つけることになるんじゃないですか？　ユウさんが、華田さんのこと考えて作ったお弁当、捨てちゃっていいっていうんですか？」

　華田はばつが悪そうな顔で千春を見て、呟いた。

「あんたが食べてもいいけど……」

「そ、そういう魅力的な誘いをしないでください……私は食べません、とにかく、華田さんはお弁当からもユウさんからも逃げることありませんよ。会社経営なんて私にはわかりませんけど、これだけは絶対言えますから！」

「なんであんたそんな必死なんだよ……」

「だってそんなこと言われたら、きっと私だって資格なんてないんです」

　くま弁とユウに出会ったばかりの自分を思い出す。

　流されて北海道まで来た千春の心を、ユウとユウの弁当はほぐしてくれた。華田とは比べものにならないかもしれないが、千春だって罪悪感とか後悔とかで苦しんでいて、それをユウに救われた。

　今の華田を半端だと言うのなら、慣れない土地で右往左往していた千春だって半端な存在だ。いや、今の千春だって、別に大層な人間じゃない。

「私のことも、華田さんのことも、ユウさんは拒んだりしません。ユウさんは、初対面の私にすごいおせっかい焼いたんです。一見の私にだってそうだったんですから、きっと華田さんにだって、おせっかい焼きたいんですよ。焼かせてあげましょうよ」

「おせっかいって、あんた……」

華田は文句を言うようにそう漏らしたが、少し考えて呟いた。

「いや、まあ、確かにあの人はおせっかいなんだけどよ」

それきり、華田は唇を引き結んで黙り込んでしまう。

千春は立ち上がった。

「ほら、行きましょうよ。ユウさん待ってますよ」

華田はしばらくもじもじしたあと、結局腰を上げた。

彼の膝の上に落ち着いていた鳩が、迷惑そうに飛び立った。


千春に連れられてきた華田を見て、店に残っていた熊野はすぐにユウと連絡を取ってくれた。ユウは知らせを受けて十五分ほどで戻ると、息を切らせてその場にしゃがみ込んでしまった。

「だ、大丈夫ですか、ユウさん」

千春が駆けよると、ユウは走って来たせいで汗だくになり、息を切らしながらも、泣き笑いのような顔になって言った。

「よかったです」

それを聞いて、見た華田の目に、涙が盛り上がる。子どものように泣きながら彼はユウに頭を下げ、何度も謝っていた。

華田は休憩室に通されて、千春も請われて付き添った。

畳にちゃぶ台、磨かれたように輝く家具。背後からだるまの視線を感じながら、千春は隣に行儀良く座る華田に囁きかけた。

「……私もついて来てよかったんでしょうか？」

華田はやっぱりぼそぼそと言葉を返した。

「どうせなら弁当見たいだろ？」

「いや、私はただ華田さんが心配だっただけで……」

「それはわかってるよ。でも、あんたアニキのファンなんだろ。俺なら、メニューにねえアニキの弁当見てみたいって思うぜ」

千春は口を閉じた。華田もユウのファンなのだ、それも熱烈な。同じファンとしての彼の気遣いを無下にすることはない。

それからすぐに、顔を洗ったのかちょっとすっきりした様子のユウが、弁当を手に戻ってきた。

「お待たせしました。こちらになります。ご確認いただけますか？」

「はい……」

神妙な顔で正座する華田の前で、ユウは弁当箱の蓋を開けた。

茶色く色づいた炊き込みご飯がきっちり詰められた折箱の中には、錦糸卵が布団のごとく敷き詰められ、艶のある飴色に染まった牡蠣が五つ寝そべっている。

牡蠣飯だ。

それを見た途端、千春の不安は増してしまう。何しろ牡蠣だし、何しろユウの弁当だし、この見た目の時点でかなり美味しそうだった。

「ありがとうございます……！　俺、俺、アニキの牡蠣飯食えるなんて……！」

華田も弁当を見て、感動に打ち震え、涙目になって礼を言った。

「列車の時間が大丈夫でしたら、ここで食べていきませんか？　お茶もお淹れしますので。牡蠣の感想、聞かせてください」

会計を済ませたところでユウからそう切り出し、華田も躊躇いながらもそれに乗った。

「じゃあ、お言葉に甘えて……あ、乗ろうと思ってた汽車は逃がしちまったんで、もう大丈夫ですから！」

それはそれで大丈夫じゃないような気もしたが、千春も口を突っ込めなかった。

お茶を淹れてもらう間も華田はそわそわと落ち着きなく弁当を覗き込む。隣に座る千春も、せめてお昼ご飯食べておけばよかったなと後悔していた。

やがて出て来た茶と弁当を前にして、華田は手を合わせ、深々と頭を下げた。

「いただきます」

そしてやおら箸を取り、ぱかっと二つに割ったかと思うと、勢いよくご飯に差し入れた。

しょうゆと牡蠣で色づいたご飯にはゴボウのささがきもたっぷり入っている。大粒のほっくりと炊きあげた牡蠣をご飯と一緒に口に運ぶ。一口目を食べるや否や、彼は猛然と牡蠣飯をかき込み始めた。

正直、羨ましくて、つばを飲み込むのを悟られないようにするので精一杯だった。

「牡蠣飯というと氏家の『かきめし』が有名で、つぶ貝なども入っていて盛りだくさんで美味しいんですが、こちらはシンプルに貝類は牡蠣のみで作ってみました」

説明を聞いているのかいないのか、相槌も打たずに、もう必死なようすで、華田はあっという間に牡蠣飯を食い尽くしてしまった。

華田は最後の一口の牡蠣とご飯を口に入れて、じっくりと時間をかけて味わうと、深々と頭を下げた。

「ごちそうさまでした」

「……いかがでしたか？」

「すげえ美味かったです」

「それはよかったです」

にこりとユウは微笑む。ところで、と千春にその笑顔を向ける。

「ショウヘイさんは道東の厚岸のご出身です。そちらでは真牡蠣の養殖をしているんですが、これがちょっと変わっていて」

「？　はい」

「普通、真牡蠣のシーズンは冬です。海水温が高くなると産卵期になるので、その前の時期が、身が太っていて美味しいんです」

それくらいは千春も知っている。欧米のことわざだとRのつかない月、つまり五月から八月には牡蠣を食べるなと言うくらいで、一般的に美味しいと言われるのは十一月から三月くらい、五月以降になると産卵してしまうから身が痩せるそうだ。

ところで、今は七月だ。

「ん？　シーズンオフなんですね」

「ええ。岩牡蠣ならちょうど旬なんですが、真牡蠣ですから。でも、ショウヘイさんの故郷では、年中真牡蠣を出荷しているんです。夏でも海水温が低いので、牡蠣は二、三年かけてゆっくり成長します。その水温の低さを利用して、成長期を調整して、夏場でも美味しい牡蠣を作っているんですよ。日本で唯一です」

「へえ～、そうなんですか」

「はい。とはいえ、やはり旬はグリコーゲンが蓄積される冬から春と言われています」

　へえ～と千春はまた続けて感嘆の声を漏らす。

「やっぱり詳しいんですね、ユウさん」

「いえ、受け売りですよ。地元の方の」

「へえ、地元……」

　呟いて、千春は華田の方を見やった。華田は空の弁当箱を抱えて、唖然とした顔だ。

「そうおっしゃったの、ショウヘイさんですよね？」

「そうですけど……でも、これだってすげえ美味かったんですよ、本当ですって」

「でも、冬場の牡蠣はもっとお好きなんですよね？」

「いや、俺の方もじいちゃんの受け売りっていうか……」

　華田が弱り切った声を上げ、狼狽えた様子で助けを求めるように千春を見た。いや、千春だってそんなふうに縋られてもどうにもできない。

　ユウの言葉が正しいのなら、冬から春の方が美味いと言ったのは、華田なのだ。

「そりゃ、言ったけどよ……」

　華田は空の弁当箱を見下ろして、ぽつりぽつりと語る。

「それでも、アニキが俺のために作ってくれたんです。俺にとっては最高の弁当だ」

「水温が下がって、牡蠣がたくさん栄養を蓄えたら、また作りますよ」

ユウはそう言って、華田の肩に手を置いた。

「だからその頃、もう一度来てください」

あっと千春は心の中でだけ声を上げた。昨夜のユウの言葉を思い出したのだ。

華田をどう力づけるのかという話をした時、ユウは、動機付けをすることならできるかもしれないと言っていた。

ユウの料理に並々ならぬ情熱を持つ華田のことだ、『牡蠣飯を冬に食べること』はもしかしたらまだ死ねない動機の一つくらいにはなるかもしれない。

強烈なものではなくとも、ささやかな日常の喜びと約束が重なって、華田を生へと前進させてくれれば——ユウはそう願ったのだ。大股で風を切るランナーみたいなものではなく、微生物の繊毛運動みたいな感じで。

華田がユウのその気持ちを受け取ってくれれば、と千春も願わずにはいられない。

「でも俺、会社……潰したんです……」

華田が俯いたまま、ついにそう言った。

千春は、大柄な華田が、小さくなってしまったような錯覚を覚えた。

「会社、ダメにしたんです。いろんな人に迷惑かけて、もう、俺なんて……！　アニキだって、幻滅したはずです！」

「僕はあなたにまた会えて、嬉しかったです」

それは、ユウの正直な心情らしかった。

「ほら、僕、自分から飛び出して、全然連絡も取っていなかったので、昔の知り合いで来てくださったのショウヘイさんだけなんです。あんな小さな写真から見つけて、わざわざお店に来てくださって。嬉しいに決まってます」

そう言って、ユウは華田の肩に置く手に力を込めたようだった。

端で見ていてもわかるくらい、ぎゅうっと。

いつもの穏やかな笑みとはちょっと違う、もっと明けっぴろげな笑顔で、ユウは言う。

「だから、また、冬に会いましょう。季節ごとだっていいですよ。いつだっていいですよ。いつでも、いらしたら、ショウヘイさんのためだけに、お弁当作りますから」

ぼろ、と大粒の涙が華田の目から零れ落ちた。彼はそれを隠すこともできないまま、目を上げ、顔をくしゃくしゃに歪めて、ユウを見つめた。

「アニキィ……！」

いきなり、彼はユウの胸に飛び込んだ。ユウは自分より体重のある華田を支えきれず、尻餅をついてしまう。ごめんとありがとうを繰り返しながら、華田は泣きに泣いた。

やがて落ち着きを取り戻した華田は、おやつ代わりに渡された牡蠣飯のおにぎりを抱えて、くま弁を去って行った。

それを千春はユウや熊野とともに見送る——

——というわけにはいかなかった。

出発する前、華田がそっと小声で話しかけてきたのだ。

「なあ、駅まで一緒に来てくんね？」

「へ？」

なんで私が、という心の声が顔に出ていたのか、華田は頭を掻いて説明した。

「土産選ぶの手伝って欲しいんだよ。おふくろのさ。俺、全然帰省してなかったから、そもそも札幌駅のどこで土産買うのかよくわかんなくてよ」

「えっ、でも元々北海道の方ですよね……？」

「ここ何年かで新しい店いっぱいできてんだもん。よくわかんねーってば。それに俺、北海道って言ってもそう何回も札幌来てるわけじゃねえし、地元から東京行くなら女満別空港使うし」

「はあ……」

「な、実はもうあんまり時間なくてよ、駅ビルで迷ってる暇ねえんだよ。頼むよ～」

ちら、と千春はユウの方を見やった。忙しそうに厨房で立ち働く彼に頼めないのもわかる。

「いいですよ。用事もないですし」

「助かったぜ、ありがとうな」

こそこそと話し合ってから、華田はユウに涙ながらの挨拶をして別れ、千春も「見送ってきます」と駅まで同行することになったのだった。

札幌駅の駅ビルには百貨店が入っており、その地下に菓子店が軒を連ねる一角があった。チーズケーキ、チョコレート、バウムクーヘン、おかき、大福。さすが酪農王国というべきか、地元の原料を使ったお菓子はどれも美味しそうで目移りする。

「あっ、ここの焼き菓子は前にお土産でいただいたんですけど、どれもほんと美味しくて……でも道東にもお店ありますよね……うーん……」

「いや、それ言い出したらきりねえから、あんたが食べたいもの選んでくれよ」

「私でいいんですか？　お母様の好みとかは……」

「甘いもんなら洋菓子も和菓子もいけるからなんでもいいって」

『母』というイメージからなんとなく和菓子の方がいいのかなとも思ったが、千春の母も普通に洋菓子も和菓子も好きだから、確かにどちらでもいいのかもしれない。

千春は散々悩んだ末に、きのとやという店の『ピュアミルク』を選んだ。これは小振りに見えて中にみっちりミルク餡が入った洋風饅頭で、日持ちもする。このミルク風味の餡としっとりとした皮の組み合わせが美味しいのだ。

「よし」

華田は洋風饅頭を買うと、それが入った袋を千春の鼻先に突きつけた。

「受け取ってくれ。色々ありがとうな」

「……え？」

驚く千春は、押しつけられた紙袋を咄嗟に受け取り、目をまんまるく見開いて華田を見上げる。

「アニキのこと、頼むぜ」

「……はあ、えっ、でも、頼むと言われましても……」

千春はただの客なのに。

賑わう地下の売り場で、千春と華田は向かい合っていた。客たちがその脇を通り過ぎ、流れの中の石のような存在になった千春は、焦って言った。

「あの、避けませんか、邪魔じゃないかなと……」

「アニキは、店辞める前に悩んでた」

いきなりそう言われて、千春は口を噤む。

「でもなんにも言わなかった。そりゃ俺はただの客だしさ、しょうがなかったのかもしれねえけど。でも、アニキの飯にさ、俺救われてきたわけよ。だから俺もアニキを助けたかったんだ」

華田は、必死なようすだった。握ったり開いたりした手で、自分のシャツの胸元をぎゅっと摑む。

「アニキが店出てった時も、今も、そうだったんだ。俺ぁ、ずっと、アニキが苦しいなら、助けるのは俺だって思ってきたんだ。だって、アニキの飯が、俺を救ってくれたから」

「あの、最初の牡蠣のこと……ですか？」

「俺、あん時本当はもう故郷帰ろうかなって思ってたんだ。俺の故郷の牡蠣を誉めてくれたのは、アニキの飯を食って、話を聞いたからだ。でも、踏みとどまれたのは、アニキの飯を食って、話を聞いたからだ。俺は自分が誉められてるみたいになって、とにかくやってみようって、もっとここにいて踏ん張ろうって思えたんだ。今度もそうだ。アニキはまた俺を助けてくれた。俺、母ちゃんに会ったら、またどうにかやり直すよ。何かできること見つけて、やってみるよ。そうしてまたアニキに会うんだ。今度は、今度こそ、アニキを俺が助けるんだ」

「助けるって言っても、ユウさん、そんな……困ってるようには」

「じゃあなんでアニキが北海道まで来て弁当屋やってるのか、あんたは説明できるのかよ！」

言葉が、千春の胸に叩き付けられた。

そんなこと、考えたこともなかった。

千春は驚いて、声も出ず、ただ呆然としていた。

ユウは、順調だった店を辞めて、どうして北海道まで来たのだろう。

どうして、くま弁で一店員として働いているのだろう。

「何かあったんだよ」

華田は、確信に満ちた言い方をした。

「東京で何かがあったんだ。前の店で、何か……アニキは、見た目はそうとはわからなくても、中で何か抱えてんだ。今、俺は自分のことで手一杯で、アニキに打ち明けてもらえるような状態じゃねえけど……それはわかってるから……だから、」

華田は、まっすぐに、千春を見つめて言った。

「今はあんたがアニキのこと見てやっててくれ」

でも、千春はただの客なのに。

困惑する千春に、ショウヘイは発破をかけるように言った。

「放っておいたら、またどっか出て行くかもしんねえぞ。とにかく、話し相手くらいにはなっておいてくれよ。そうだ、いいこと教えてやるよ」

そこで華田は何故か小声になって、千春に囁（ささや）いた。

「……アニキはな、笑う前に、ちょっとだけ頬が動く。それがアニキが嘘をつく時のくせだ。覚えておけよ」

「はあ……」

千春はただ曖昧（あいまい）に相槌（あいづち）を打って、もらった紙袋を所在なく抱え直した。

千春が店を訪れたのは、その翌日のことだった。

「小鹿様！」

店に入るなり、千春の顔を見たユウが明るい声で呼んでくれる。

「いらっしゃいませ。すみません、お弁当残り少なくなってしまったんですが……」

「あ、いえ、今日はそうじゃないんです」

二十三時を回ったところだ。時間帯のせいで客足は途絶えていたが、相変わらず店は賑わっているようだ。

「あの、華田さん見送った時にお菓子もらったので、よかったらお裾分（すそわ）け」

袋の中には例の洋風饅頭が入っている。

「えっ、いえ、受け取れませんよ」

「私食べきれませんから」

千春が引っ込めないのを見て、ユウはすみませんと恐縮して受け取る。

「こちらこそ、ショウヘイさんのこと、ありがとうございました。小鹿様が見つけてくださらなかったら、会えなかったかもしれません」

「いえ、そんな、たまたまで……」

自分が何をしたというわけでもない、と千春は思っていた。華田だって、ユウが自分を救ってくれたと言っていた。千春じゃないのだ。

「華田さん、元気そうでした。凄いですね、ユウさん……」

「凄いのは僕じゃなくてショウヘイさんですよ」

「でも、ユウさんが励ましたからでしょう」

「お弁当一つで救われる人なんていませんよ。ショウヘイさんの問題は何も解決してませんし。僕は仕事をしただけで、ショウヘイさんが元気になれたとしたら、それはあの人が一人で落ち込んで一人で元気になったんです。あるいは、そもそもショウヘイさんは本当は元気になる理由を探していただけかもしれません。それを探して、僕のところに来てくださったのなら、それはとても光栄なことだと思いますが」

僕の料理は魔法じゃない、とユウは前にも言っていた。だがユウの言い方だと謙遜しているというよりは突き放したように聞こえて、千春はなんとなく寂しさを覚えてしまう。

千春自身、ユウに救われた部分が少なからずあるのに。

そして、ユウ自身もまた、一切の助けを拒絶しているようにも思える——それはたぶん、千春が華田の話を聞いてしまったせいなのだが。

「……華田さん、心配してましたよ、ユウさんがいきなりお店辞めたこと」

ユウのおせっかいが移ったかな、と思いつつ、千春もちょっとは口を出したくなった。

「どうして、前のお店辞められたんですか？」

だが、口にしてから、後悔が押し寄せた。ショウヘイに前の店のことを訊かれそうになった時、ユウが見せた表情を思い出したのだ。曖昧な、困ったような顔だった。あれを見て、ショウヘイは口を噤んだ。ショウヘイにも訊かれたくない話があったから——ユウが訊かれたくないと思っていると感じたから。

千春は出した言葉を拾って詰め込むように、慌てて言い繕う。

「なんて、そんな……私が訊いても、何にもなりませんけど。前のお店のことだし、ユウさんにとっても過ぎたことでしょうし、それなのに私が訊くなんておかしいとは

——思うんですけど……」

言い繕って、言葉を足して、重ねて、そのせいで自分でも何を言いたいのかわからなくなった。それでもユウを見たら特に不快そうな素振りもしないものだから、千春はぽつりと漏らしてしまう。

「……ユウさんのこと、心配になってしまって。もう過去のことで、今は問題じゃない、っていうんなら、それでいいんですけど」

ユウは少しの間考え込むように目を伏せて、それからまた千春を見た。

「大した話じゃ、ないんですが」

そう前置きして、ゆっくりと、言葉を選ぶように語り始める。

「オーナーが代替わりして、方針が変わってしまって……どうしてもうまくいかなくなって、店を辞めることになったんです。ショウヘイさんはちょっと勘づいていたみたいなんですが、お客様に内々の事情を説明するわけにもいかないので……」

幾らかの悔いを感じさせる様子で彼はそう言った。くっきりした二重の目を伏せ気味に、憂いを湛えた顔をして。

その顔に、千春は気持ちがざわついた。

(うまくいかなくなったって、何があったのかな……)

もっと踏み込んで、聞いてみたいような——でも、ここで彼が言葉を切ったのは、それ以上詳細に話したくないからだろうというのもわかる。過去を訊かれたユウが、少しだけ、緊張しているのも。

結局、千春は喉元(のどもと)まで出かかった言葉を飲み込み、当たり障りのない質問をした。

「ユウさんが前やってらしたお店ってどんなところだったんですか？　お弁当屋さんではなかったんですよね？」

ふっとユウの表情が明るくなった気がした。

「デリカフェです。デリ総菜の単品や弁当形式のテイクアウトもありましたし、店内に飲食スペースもありましたよ」

「へえ……どんなメニューが人気でした？」

「ソーセージとかパストラミとか、肉加工品を手作りしていました。そういった加工品と契約農家の有機野菜を使ったサンドイッチがランチによく出ました。デリなら各種のサラダとかチキンのオレンジグリルとか……あと、パイ関係にはちょっとこだわりがありました。チェリーパイとか、今も休日に作ってみたりしていますよ」

おお美味(おい)しそうだ……千春はごくりと喉を鳴らしそうになった。

「す、素敵なお店ですね」

辞めた店に対してそんなふうに言っていいものかと発言してから気付いたが、ユウは気にした様子もなく、嬉(うれ)しそうに目を細めた。

「ありがとうございます」

子どもを誉められたみたいな穏やかな微笑みだ。

店を辞めたあとは、北海道に来て、たまたま店長の熊野と出会い、働き始めた、とユウは語った。

「実はその頃、くま弁は閉店する予定だったんですが、店長が、僕が店を手伝うなら続けると言いまして、それに引っ張られて……」

「そうだったんですか。実は、華田さん、どうしてユウさんがくま弁で働いているのか、その、不思議そうにしていて……私もちょっと、気になったんですけど」

「ああ、あの人、自分で言ったこと忘れてたんですね」

ユウは困り顔で微笑んだ。

「ショウヘイさんが言ったんですよ。もし長い休みが取れたら、北海道旅行がお勧めですよって。いいとこだからって。言った本人が忘れてるなんて」

ふと目を伏せ、感慨を込めて、

「長い旅行になりました」

そう、呟く。

千春は、その言葉に少なからぬ衝撃を受けて、固まってしまっていた。

旅行。

長い、旅行――

それは、まるで、彼がいつか東京に戻るような言葉に聞こえた。

札幌への滞在は、あくまでも、かりそめのものに過ぎなくて、くま弁も、期間限定のものなのだと、そう聞こえた。

「いつか、戻るんですか、東京に」

そう尋ねる千春自身だって、いつか本社に戻るだろう。戻ることを考えて暮らしている部分はある。

ユウは驚いたように千春を見て、それから微笑んだ。

「いいえ、ずっといますよ」

微笑む前に彼が頬を動かしたのかどうか、ショウヘイの忠告通りだったのか、千春にはよくわからなかった。

•第四話• 涙の山わさびおにぎり

「えっ」

千春はおにぎりを一口齧るなり、思わず声を上げた。

くま弁のおにぎりはちょっとした隠れメニューだ。だいたい開店から一時間程度で売り切れるから、千春も最近初めてその存在を知った。大きめのおにぎりに海苔が直貼りされて、香り豊かにしっとりとごはんを包んでいる。具材は梅干しやおかか、あるいはきんぴらや焼き肉と様々だ。

千春は一度はまるとしばらく延々と同じものを食べ続ける。玉子焼きにはまっていた時は毎回玉子焼きを買って帰っていた。今回も、九月の末から一ヶ月あまりで五回もおにぎりを買っている。

すぐに売り切れてしまうから、おにぎりを買うのはいつも開店前に並べる休日だ。今日も千春は十七時の開店前から並んで、目当てのおにぎりを購入した。休日は自炊という自らに課したノルマを達成するため、自宅で豚汁の準備もしておいた。豚肉も、こんにゃくも、根菜類も、豆腐も入れた具だくさんの豚汁に、玉子焼き。帰宅後に温め直して味噌を溶き入れ、生姜を添えれば完成だ。

そして、楽しみにしていたくま弁のおにぎりをぱくりと一口——驚きの声は、決して嬉しさからではない。

筋子と鮭のはずのおにぎりに、梅が入っている。

勿論(もちろん)、梅おにぎりだって美味しい。そういう気分の日はある。特に朝とか、疲れた昼間とかは、梅干しの酸っぱさが欲しいと思う。

でも、数日分の家事を終えたこの日の夜は、そういう気分ではなかったのだ。

くま弁は相変わらずの人気店で、開店前から行列ができているのだが、熊野とユウで見事に客を捌(さば)いていく。開店直後はさすがにあんまり忙しそうで立ち話もできないのは残念だが、その客捌きにいつも千春は感心していた。

ところが、熊野が腰を悪化させ、ついに入院した。

昼行灯(あんどん)に見えて熊野の存在は大きかったらしく、以来行列は以前のようには解消できなくなった。いや、それだけならば、待ち時間が増えたとしてもこういうことにはならなかったに違いない。

熊野の入院から数日経ったある日、店に手伝いが入った。特に混雑する週末の数時間だけ入ることになったその手伝いは、三十前後とおぼしき男性で、名前は竜ヶ崎(りゅうがさき)という。

千春のおにぎりを袋詰めしてくれたのは、その竜ヶ崎だった。

あの時は、千春も財布を探してばたばたしていて、彼がショーケースからとるおにぎりを確認していなかった。

千春は梅のおにぎりを頬張った。酸っぱさが頬にきゅんとくる。これはこれで美味しい。ほどよい力加減と塩加減だ。ユウの作ったものは、なんでも美味しい。
でも、筋子と鮭が食べたかったなあ、と千春は思ってしまった。

おにぎりが違っていたと聞いた竜ヶ崎は、眉をぴくりと撥ね上げたかと思うと、それはもう深々と頭を下げた。

「それは大変申し訳ありませんでした」

「いっ、いえ……」

千春は先日のおにぎりの話を持ち出してしまったことを後悔した。

夜の二十一時ともなれば、客足も落ち着いてくる。売り切れていないのは幾つかの定番メニュー。それに取り置き分の弁当のみだ。

千春は取り置きをお願いしていた和風ハンバーグ弁当を包んでもらいながら、目を皿のようにして竜ヶ崎の一挙手一投足を観察していた。おにぎりを頼んだわけではないし滅多なことはないだろうが、ああいうことはもう起こらないでほしいと思ったのだ。

だがそれを不審に思ったユウに鋭く指摘されて、仕方なく白状してしまった。

ユウも心底申し訳なさそうに謝罪して、代金はお返ししますと言ってきた。まあ、確かにそうなってしまうのだろう。たかがおにぎり、されどおにぎり。自分としてはそれなりに悲しいできごとだったが、代金を返してもらうのも恰好悪いような、でも当然の権利のような……なまじユウとくま弁には世話になっているだけになんだか決まりが悪い。

謝るユウの隣で、竜ヶ崎は真面目くさった伏し目がちの表情で立っている。小柄で、眼鏡をかけ、若いのに白髪交じりの頭をした彼は、平日はどこかの会社でサラリーマンとして働いていて、土日の来られる日だけこのくま弁を手伝うことになっている。社則で副業は禁止されているが、家業手伝いとして申請しているので大丈夫だという。彼は熊野の義理の息子だ。

娘の旦那であるという竜ヶ崎は、当たり前だが熊野とは似ていない。接客業は初めてだとかで、不慣れそうなようすも見せる。それでも彼が手伝って、店の行列は少しは減った。

自分の仕事も忙しいだろうにせっかくの休日に義父の家業を手伝うなんて、出来た息子だと常連たちはしきりに言っていた。その通りだろうと千春も思う。

それなのに、彼を見ていると落ち着かない。不安な感じがする。それはまだ彼の表情が硬いせいなのかもしれない。くま弁という聖域に突然現れた見ず知らずの人間を、千春が警戒しているだけなのかもしれない。あるいは、第一印象がよくなかったせいかもしれない。

おにぎり代を返してもらい、和風ハンバーグにサラダのドレッシングを添えてもらって……そこで千春は思わず叫んだ。

「あの！」

「はい」

心なしか竜ヶ崎は緊張したようすで、目を見開いている。千春は竜ヶ崎が入れようとしていたドレッシングの袋を指差した。

「……違います、私シーザーサラダドレッシングじゃなくて……和風しょうゆの……」

竜ヶ崎の顔がさっと青ざめた。彼はまた深々と頭を下げた。

「大変申し訳ございません。ただいまお取り替えいたします」

その仰々しい角度のお辞儀に千春はまたプレッシャーを感じ、いえ……と小声で返した。

千春が竜ヶ崎を初めて見かけたのは、熊野が入院した日の夜のことだった。

二十一時頃店を訪れた千春は、普段より疲れたようすのユウに熊野が入院したと聞かされて、驚くと同時に納得もしたものだ。

熊野は腰痛持ちで、ときどき店の二階や休憩室で休んで下りてこられないこともあった。今回の入院では手術することになりそうだという話で、それでよくなるならゆっくり休んで治してほしいと千春は思う。

ユウも熊野を心配していた。自然と、話題は熊野のことになった。

「僕、初めて店に来たとき、バイクで事故ってしまって熊野に救急車呼んでもらったんです」

他に客もいなかったからか、ユウはいつもより気楽そうな調子でそう言って、千春を驚かせた。

「十一月で、ちょうど路面が悪かったんです。くま弁の目の前の道で滑って自損事故を起こして。熊野、入院中もお見舞いに来てくれたんです」

「それは大変でしたね……大怪我しました？」

ユウは苦笑気味に笑って答えなかったが、救急車を呼んでもらうとは結構大変なことだったのではないだろうか。

「じゃあ、それがきっかけでくま弁で働き始めたんですか？」

「はい。そのとき熊野が入院先に持ってきてくれたお弁当が美味しくて、僕が感動して。で、色々話すうちに……」

「じゃあ、事故がなかったら、ユウさんここで働いてないんですねえ」

口にして、まるで事故に遭ってよかったと言っているように聞こえると気付いて、慌てて否定した。

「あ、別に事故は遭わない方がいいんですけど」

ユウは否定せず笑っていた。

熊野とユウは親子みたいだ。ユウの方がしっかりしているようで、どっしり構えて安心感があるのは熊野の方だ。その熊野が一時的とはいえ不在で、ユウは少し元気がないようすに見えた。

「ユウさんって、どんなお弁当が好きですか？」

まだ調理に時間がかかりそうだったので、千春はカウンター越しに調理風景を眺めながらそう尋ねた。ユウは海老フライの揚げ具合を確認しながら、答えてくれる。

「そうですねえ。食べるならおにぎりですね。僕、子どもの頃兄と闇おにぎりしていて」

「えっ」

「闇おにぎり。中身を秘密にして食べさせ合うんですよ。そのとき兄が開発した昆布マヨ辛子おにぎりが一番好きですねえ。オススメですよ。お店には置かせてもらえないんですけど、熊野に止められてて」

「へえ……今度作ってみようかな」

ユウとの会話は楽しい。

元々世間話はよくしていたが、華田とのことがあってから、少し距離が縮まった気がする。

話題は季節のこと、札幌のこと、食べ物のことなんかが多いが、たまに趣味の話が出ることもあるし、ユウは休日も新メニュー開発や食材の研究に余念がないから、ちょっとした試食を頼まれることもある。

千春はユウが行きつけにしている和菓子屋さんや、SF映画が好きなことを知っているし、ユウも千春が泣いた映画や最近一番感心したミステリ小説なんかを知っている。春になれば桜が梅より先に咲いて驚いたとか、秋になれば空が高くなったとか、そんなことを話している。笑い合うのが楽しくて、お客が多くてあまり話せないと残念だなと思ってしまう。

うういう時間を重ねていけるのが、このところとても嬉しい。

その時自動ドアが開いて、ユウが顔を上げた。

「いらっしゃいませ」

新しい客は三十前後くらい、眼鏡をかけたスーツ姿の男性だった。初めて見る顔で、向こうもどうやらくま弁は初めてらしく、きょろきょろと周りを見ている。

「申し訳ございません。ただ今種類がかなり少なくなっておりまして」

ユウはそう言って、男性客にメニューを差し出した。メニューには売り切れたものの上にシールが貼られている。

「売り切れたんですか？　それとも最初から種類を絞っているんですか？」

男性はメニューを見るなりそう言った。

ユウは申し訳ないという顔で売り切れたのだと説明した。

男性は、ぽつりと呟いた。

「……まさかまだやっているとは思いませんでした」

「営業時間は二十五時までですが、売り切れ次第……」

「いえ、そういう意味ではありません」

男性客はユウの顔をまっすぐに見つめて言った。

「もうとっくに店は潰したものと思っていました」

潰す予定だったくま弁にユウが来て店を続けることになったという話は、千春も聞いている。

とはいえ実際そんなふうに言われると、常連としてはどきっとしてしまう。

だがユウの方はまったく気にしたようすも見せなかった。

「失礼ですが、お客様は以前にも当店においでくださったことが……？」

男性は、ええ、まあ、というような曖昧な言い方をして、話を変えた。

「熊野鶴吉はおりますか？」

「申し訳ございません、熊野はただいま店にはおりません。お伝えすることがあれば承ります」

ユウはそう答えてから付け加えた。

「実は熊野はただいま入院中でして、すぐには店に戻れない状態で……」

「入院中でしたか」

「はい。腰を痛めておりまして」

それを聞いて、男性はしばし考え込む様子を見せて、肉の薄い唇を開いた。

「実は……わたくし、リュウガサキシンジ、と申します。熊野鶴吉の義理の息子です」

「えっ」

思わず声を出してしまい、千春は慌てて口を噤む。

だが、勿論男性にも聞こえていたようで、千春をちらっと見てきた。

「す、すみません……」

男性はただ目礼だけして、またユウに目を戻す。

「義父は、どこに入院していますか」

ユウも驚いた様子だった。

千春はどうして義理とはいえ息子が入院のことを知らないのかとか、義理ということは娘の配偶者なのかとか、色々と混乱した頭で考えていた。

それから三日後には、竜ヶ崎信司は土曜日で混雑する店の前で客を整列させていた。人手が足りなくて大変なのを知って手伝いを申し出たのだという。

竜ヶ崎は接客は不慣れなようすで、笑顔がかなりぎこちない。

千春は初対面からなんとなく竜ヶ崎に違和感を覚えていた。

だが、熊野が入院のことを知らせなかったのは、単に義理の息子を心配させたくなかったからだと考えれば説明はつくし、熊野から店をやめると聞いていれば、店が今も営業していることを不思議に思うのもおかしくはない。

(……って言っても、店をまだ潰してなかったのかっていうのはずいぶん長い間、連絡もとってなかったってことだし、あの人の店を見る目が、なんていうかこう……）

千春は胸中で呟きつつ秋風に身を竦めて歩みを早める。

（値踏みしているみたいっていうか）

竜ヶ崎のことを考えると、眼鏡の下の目を思い出す。爬虫類じみた感情のうかがえない目で、店とユウをまじまじと眺めていた。それこそ、そんなに見つめたら失礼じゃないかなと思うくらいに。ただの千春の気のせいかもしれない。それならそれでいいのだが……。

「小鹿さん」

駅からの帰り道で久々に黒川に声を掛けられた。

「これからくま弁ですか？」

「いえ、今日はもう帰ります。予約してないので……」

冷蔵庫に肉じゃがの作り置きもある。くま弁の弁当は食べたいが、今日は帰って残り物を片付けてしまった方がいいだろう。

そのとき、黒川がくま弁の昔からの——二十年以上前からの——常連だということを思い出した。

「黒川さんって、熊野さんに娘さんがいるって知ってました？」

「うん、まあ……」

そこで彼は一度言いよどんだ。

「？　どうかしましたか」

「や、あの……実は、熊さんの娘さん、亡くなってるんですよね、もう五年以上になりますけど」

「えっ、あ……！」

熊野が義理の息子である竜ヶ崎と疎遠そうだった理由がようやくわかった。娘が死んで、娘の結婚相手と疎遠になっていくのはある意味仕方のないことだろう。

だが逆に、せっかくの休日をその疎遠だった義父のために使うというのは、ずいぶんと人が良いというか、義理堅い話だ。

黒川が立ち止まっても、千春は気付かず数歩歩いてから、やっと足を止めた。

「あ、黒川さんはくま弁行かれるんでしたね」

ちょうど、角を曲がればくま弁だ。千春が挨拶しようとしたとき、黒川が言った。

「竜ヶ崎さんに、お店とかユウ君のこととか訊かれたことあります？」

黒川の表情はいつも通りで、日常の世間話の延長のようなところがあった。

千春は首を振った。

「ありません……けど……」

こんなことを言うのだから、黒川はあったのだろう。

「そうですか。それじゃ」

だが黒川はそれだけ言って、にこりと笑って店へ向かってしまった。

千春は考えをまとめきれず、彼の後ろ姿をしばらく見送っていた。


実際、千春が『それ』を訊かれたのは、たった二日後のことだった。

土曜の二十時頃、シフト制で働く千春は仕事帰りだった。ちょうど店は一番忙しい時間帯を抜けた頃だ。

「失礼ですが、小鹿様は大上君のお弁当が切っ掛けで当店に通っていただくようになったとうかがいました」

客も減って、十分程度の待ち時間と聞いたので、千春は注文のあと店内で待つことにした。

そのとき、竜ヶ崎にそう訊かれたのだ。

確かに千春が店に通うようになったのは、ユウの『鮭かま弁当』が切っ掛けだった。

だが、いきなりそんなことを訊かれるとは思っていなかった。

「え？　ええ……はい。そうですけど……」

ちら、と厨房の方を見るが、何か用があって外しているのか、ユウの姿は見えない。

「それほど美味しかったということでしょうか」

「はあ、まあ……」

あまりに曖昧というか、返答になっていない言葉に、自分でもどうかと思う。

「……あの、勿論、美味しいから通っているんです。でも、美味しいだけではないとも思います。気遣いがあって、家庭料理といいますか、そういう優しさを感じるんです」

そのとき、厨房の奥の扉が開いて、ユウが入ってきた。手には野菜の入った段ボールを抱えており、千春を見て笑顔になる。

「これはいらっしゃいませ、小鹿様」

「こ、こんばんは……」

ユウが戻ったからか、結論が出たからか、竜ヶ崎はそれで話はおしまいとばかりに頭を下げた。

「教えてくださってありがとうございました」

「何かありましたか？」

ユウが少し心配そうに話しかけてくる。千春はユウの前ではこの話を切り出さなかった竜ヶ崎のやり方が気に入らず、これまでのことを打ち明けた。

「ユウさんのお弁当が美味しいかって訊かれたんです。勿論美味しいし、気遣いと優しさがあって好きだって今話してたところです」

それを聞いて、ユウが顔を歪めた。

「また訊いたんですか、竜ヶ崎さん」

えっ、と今度は千春が変な顔になってしまう。また？　いや、黒川も話していたし、また訊いたというのはわかるが、ユウが知っているということは、おおっぴらに訊いて回っているということなのか。

「すみません。常連の方から鮭かま弁当のエピソードをうかがいまして」

「あっ、それ黒川さんですか……？」

千春が鮭かま弁当の話をしたことがあるのは黒川くらいだ。竜ヶ崎はその通りだと認めて、これっぽっちも悪びれずに言った。

「はい。黒川様から、大上君のお弁当のよさは、小鹿様が一番ご存じだとうかがいまして。それほど美味しい鮭かまだったのかと……」

あれだ。黒川から二日前に竜ヶ崎に何か訊かれたかと尋ねられたことを思い出し、千春は得心した。黒川はあの時すでに竜ヶ崎に鮭かま弁当のことを話していたのだろう。

「でも、お客様をそんなふうに質問責めにしたら迷惑になりますよ」

「あ、いえ、迷惑ではありませんけど」

千春は一応そうフォローした。竜ヶ崎には、ユウに隠れて評判を聞き込もうというつもりはないらしい。ただ、ユウがいないときにタイミングがよくなっただけだろう。

少なくとも、後ろめたい理由から訊いたわけではないとわかって、彼を批判的に見ていた千春は申し訳なくなった。

千春はフォローのつもりで言った。

「お店のこと、気にされてるんですね。お義父様のお店ですものね」

「はい。実は率直に言って、大上君の人となりを知るために働いております」

「ああ、そうなんですか……え?」

ユウは頭を抱えている。竜ヶ崎は特に表情を変えずに突っ立っている。千春は理解できずにユウと竜ヶ崎の顔を交互に見ていた。

竜ヶ崎は平然と説明した。

「義父も高齢ですから。言いくるめられて無理をして店を続けているのではと少し不安だったのです。しかし話をうかがう限り、そんなのは私の杞憂だとわかりました。今は感謝していますし、小鹿様にお尋ねしたのは、何故当店の弁当を選ばれるのかというところに興味があるからです」

「あ、ああ、そうなんですか……」

考えてみれば竜ヶ崎はユウを知らない。店を畳むといっていた義父が店をまだ続けていて、しかも店の経営は若い店員任せとなれば、何があったのかと心配になって色々勘ぐってしまうのも理解できる。

「お客様が変に心配されるかもしれませんし、そういうこと、あまり表では……」

ユウが渋面でそう竜ヶ崎を止めるのをさらに制して、千春は言った。

「大丈夫ですよ、むしろ説明していただいてほっとしました。私も、正直少し不思議だったので。どうして竜ヶ崎さんがここで働き始めたんだろうとか、いえ、勿論、忙しいから手伝っているというのはわかるんですが、平日働いて土日はここで手伝いなんて、かなり無理されてるんじゃないかと思って……」

「そうですね、私も突然現れたようなものですし、むしろ私のほうこそ疑惑の目を向けられる存在だというのは理解しています」

「い、いえ、決してそういう意味では……」

「ずっと札幌には住んでいたのです」

ぽつりと竜ヶ崎が語った。

「しかし、義父とは交流がなく……正直、とっくにたたんだものと思っていた店が雑誌で紹介されていた時は驚きました」

それであの、『潰したものと思っていた』という発言に繋がるのだろう。

「入院のことも知りませんでした。色々やってくださった大上君には本当に感謝していますし、小鹿様はじめ、常連の皆様のおかげで、義父も店もなりたっているのだと実感しました。ありがとうございます」

深々と頭を下げられて、千春は恐縮する。

「こちらこそ、いつも美味しいお弁当ありがとうございます……」

「義父に伝えておきます」

千春はあっさりとした返答に気まずさを覚えつつも、付け加えて言った。

「あの、直接調理はされていないかもしれませんが、竜ヶ崎さんも、お店のことを支えてくださって、ありがとうございます。あと、その……すみません」

竜ヶ崎は数秒きょとんとした表情を浮かべ、それから少し照れたような顔でそれまでよりは小さく頭を下げた。

疑っていた自分が馬鹿だった。千春は余計に恥ずかしくなった。

熊野が退院したのは、その翌週のことだった。とはいえさすがに立ち仕事や重量物を持つことも多い厨房には入れず、しばらく店舗二階の自宅で様子を見ることになった。

だから、竜ヶ崎の週末の手伝いはまだ続くことになった。

週末の手伝いも数を重ねるうちに、竜ヶ崎は手際よくなり、愛想もまあまあよくなってきた。声は小さめだったが、商品のすすめ方など、控えめでさりげない態度は接しやすかった。

千春は開店直後におにぎりを買う他は、混雑を避けるため、取り置き予約をして遅めの時間帯に買いに行くことが多い。その日も店に着いたのは二十一時くらいだ。遅番で少し残業していくと、だいたいこれくらいの時間になってしまう。

最近は週に二回お弁当を買っている上に休みのたびにおにぎりを買うようになったから、二日に一度くらいは店に通っている気がする。

「よかったら、どうぞご試食ください」

取り置きしておいた弁当をユウが調理してくれている間、竜ヶ崎がそう言ってお盆を千春に差し出してきた。

お盆の上にはプラスチックの小皿が並べられ、一口大にカットされたカツが載っている。カツは切り口からして薄切り肉を重ねたいわゆるミルフィーユカツらしい。

千春は遠慮なく試食した。

衣はさくっとして、噛めば薄切り肉とは思えないジューシーさと、薄切り肉だからこその柔らかさを堪能できた。食べやすい。口に広がる脂に自然と千春は笑顔になった。

「美味しいです。こっちの、梅味のが好きですね、さっぱりして」

肉と肉の間に、梅味噌が塗ってあるものと、チーズが挟んであるものの二種だった。正直どちらも美味しい。かなりすっぱい梅干しで、刺激的だが、千春は梅はこういう昔ながらのものの方が好きだ。なんというか、潔い味わいがある。

「この梅美味しいです」

「ありがとうございます。実は私の知り合いの農家の方が作ってまして」

梅といえば、数週間前竜ヶ崎が働き始めたばかりの頃、梅のおにぎりを間違えて渡されたことを思い出して、千春は尋ねた。

「おにぎりもこの梅干しで作るんですか?」

「はい、今日はもう売り切れてしまいましたが、梅おにぎりは先週からこちらの梅干しを使っています」

元々おにぎり用に仕入れた梅が美味しかったので、他でも使えないかと色々試作しているらしい。

美味しいと言われて、竜ヶ崎も嬉しそうに見えた。

ユウもチキンカツを揚げながら、いつも以上ににこにこして言った。

「竜ヶ崎さん、ご親族に農協の方がいらして、色々紹介してくださるんですよ」

なんだかんだ、竜ヶ崎も店に馴染み、千春も彼がいるのが普通になってきた。最初はあんなに疑っていて悪かった、と思う。

　そのとき、休憩室に通じる扉が開いて、熊野が店に現れた。手術後数日でもう歩けたという話で、経過は問題ないようすだ。今日も熊野は千春にいらっしゃいと声を掛けると、きびきび歩いてやってきて、竜ヶ崎を一瞥した。

「もう帰っていいよ、信司君。俺も無理はしないから」

　竜ヶ崎が躊躇うようすを見せながらも頭を下げ、休憩室の方へ入っていくのを見届けて、熊野は言い訳がましく言った。

「いつまでもあいつに頼ってるわけにもいかないだろ。本業ある中来てくれてるんだから」

「それはわかりますが……」

　ユウは竜ヶ崎を気にかけているようだった。

　端から見ていても、熊野の態度は結構つっけんどんに感じられた。元々熊野はぶっきらぼうな人だが、それに輪を掛けて無愛想というか……。

「まったく、頼んでもいないのに押しかけてきて」

　そんな憎まれ口まで叩くものだから、ユウと千春は顔を見合わせてしまう。

「そう言いますけど、竜ヶ崎さんがいたおかげで、僕が帰省した時も助かりましたし……」

ユウの言葉を聞いて、おや、と千春は思った。

「帰省って、お店はお休みしたんですか？」

「いえ、定休日に帰省しましたので。でも、翌日の午前中には札幌に戻れるはずが、飛行機が悪天候で遅れて、午後の便になってしまって……その日は竜ヶ崎さんが昼の仕込みから手伝ってくれました。熊野も腰が本調子じゃありませんし、本当に助かりました」

「俺一人でもなんとかなったのに、祝日で休みだから手伝うって言ってさ」

「心配されたんですよ」

「それこそ余計なお世話だよ」

ふとユウはまじまじと熊野を見つめた。

「……熊野さん、竜ヶ崎さんを心配させたくなくて、ずっとお店のこと連絡しないまま続けてたんですか？」

「違えよ。あいつがうるさいからだよ」

熊野はそっぽを向いてしまうが、後ろ姿からもばつが悪そうなようすが伝わってくる。

「体力も限界だから閉店すると言っていたのに、やっぱり店を続けるといえば心配させると思って、黙ってたんじゃないですか？　竜ヶ崎さん、前に奥様の遺品が出てきた時、熊野さんの家に行こうとしたら断られて外の喫茶店で会ったって言ってましたよ。店続けてるの知られたくなかったんでしょう?」

「どうでもいいだろ」

「あんまりよくありませんよ。僕はそのせいで竜ヶ崎さんに『老人から店を騙し取ろうとしてる』みたいな疑いを持たれてたんですから」

「そうですよねえ、一時期ユウさんのこと色々訊いてましたもんね」

「ほら、余計なことやるやつだろ」

「もー、熊野さんが大事なこと言わないから心配したんですよ。いつにも増して素直じゃないですね」

「いつにも増してってなんだい、俺は普段から素直だよ」

「ええ……?」

千春は思わず疑問の声を上げた。

「だいたいあいつは俺に店やめろって勧めてきた張本人だ。今だって内心じゃあやめろって思ってんだろ。うざったい」

それは意外だった。竜ヶ崎は控えめで、そういう踏み込んだことを言わないイメージがあったから。ましてや、相手は義父なのに。

「やめろなんて思ってたら、お店手伝わないと思いますよ」

千春がそう言うと、熊野は顔をしかめて言い返した。

「どうだかな。俺の働きぶりを見て、やっぱりやめた方がいいと思いますとかなんとか言う根拠を探してるんじゃねえのか」

「そんな……」

言いがかりみたいに聞こえる。そんなふうに言うものじゃないと思うが、熊野もさすがに言い過ぎたと思ったのか、それ以上は口を噤んでしまった。

いつの間にかチキンカツ弁当を完成させていたユウが、お待たせいたしました、とスムーズに会計してくれる。

（義理の息子かあ）

熊野は結構話し好きのようだし気さくな質だと思うのだが、竜ヶ崎の前では違うらしい。過去に何かあったのかもしれないし、とりたてて何かあったわけでもないが、やはりなんとなく気まずいものがあるのかもしれない。亡くした娘を思い出すのかもしれない。

何にせよ、いるはずの女性が一人いないことで、宙ぶらりんな、なんとも距離をはかりがたい間柄になっているのは確かだろう。そうでなければ二年も店の営業を知られずには済まないし、それを知ったからと言って貴重な休日を費やして介入はしないはずだ。

あんまりちょっかいを出して余計に関係をねじ曲げることは避けたいが、せっかくの機会なんだから一緒に働いてお互いを知り合うことがあればいいのに、と思ってしまう。

商品の受け渡しの時に目が合って、ユウもなんとなくそんなようなことを考えている気がした。いつも愛想良く笑う彼が、困ったような表情を浮かべていたから。

ありがとうございました、と言ったあと、ユウは粘り強くまた言った。

「竜ヶ崎さん、心配してるだけですよ」

何度も繰り返した話なのだろう。ユウはさらに何か付け加えるべきだと思ったのか、何気ない調子で言い添えた。

「それに、あんまり不仲だと、娘さんが悲しみますよ」

「ユウ君」

熊野の口から出たその声音の重さに、千春までびくっとして振り向いた。

熊野は強張った表情でユウを見すえ、感情を抑えた声で言った。

「そんなこと言うもんじゃねえよ」

「……すみません」

ユウの声もさすがに掠れていた。

千春はふと、物音を聞いて厨房の奥を見やった。

いつの間にか、休憩室に通じる扉の前に、竜ヶ崎がいた。

小柄な彼は、ただ静かに扉の前に佇み、微かに首を傾げていた。

穏やかな池のような沼のような目で、彼はどこともしれない宙を見つめて呟いた。

「……妻は、あまり、そういうことは気にしていないと思います。私とお義父さんの仲がよければそれに越したことはないが、合わないならそれで仕方ないと言っていました。そういう人で……どちらかというと、お義父さんの身体を心配していました」

今日は仕事帰りに立ち寄ったのか、着替えた竜ヶ崎はスーツ姿だった。研究職と聞いているが、休日出勤することもあるのだろう。

彼は黙り込んでしまった三人を見て、もう一度、落ち着いた声で言った。

「私もお義父さんの健康が心配です。血圧も高いし、この前の冬は肺炎になったとも聞いていますし、やはり身体への負担は小さくないのだと思います。私が手助けできる部分はしたいのですが、こうして週末に手伝うのが精一杯で……」

「ほらな」

と熊野はうんざりした顔だ。

「しかし健康を考えればやはり引退を考えた方がいいと思います。腰だって、仕事を続ければ……」

「だからって客も増えてんだ、ユウ君だけじゃしんどいだろ。おまえにいつまでも手伝わせるわけにはいかねえだろうし」

「今回のような短期ではなく長期ならバイトも雇いやすいと思いますよ」

「俺が」

熊野は一旦言葉を切り、噛み占めるように言い直した。

「俺がやりたいんだよ。もう放っておいてくれ」

「お義父さんがこの店に心残りがあるのなら、私が脱サラして跡を継ぎます」

……その言葉があまりに衝撃的で、千春を含めて、その場にいた人間はぽかんとした顔で立ち尽くすことしかできなかった。

その中にあって、最初に動揺から回復した熊野が、呆れ顔で言った。

「おまえ何言ってんだ。前に俺に店畳んだらどうだって言ったのはおまえだろ」

「あらためてここで働いて、お義父さんは自分からは店を辞められないと思ったんです」

「店継がせるなら、俺はユウ君に任せようと思ってる」

「大上君はここで終わる人ではないと思います」

いきなり自分に話題が飛んできて、ユウはさらに言葉を失っている。

「彼は本来なら他の店で経験を積んだ方が将来のためになると思います。いつまでもここにいるような人ではないというのが、一緒に仕事をさせてもらった私の考えです」

眼鏡越しに竜ヶ崎がユウを見る。ユウは答えようというのか、口を開いて——その口を閉じ、首を横に振った。

「僕はここで働きたいだけです」

「何故ですか？　あなたのことは調べさせてもらいましたが、前のお店はデリカフェだったそうですね。しかも人気店だった。またお店をやりたいとかレストランで働きたいとは思わないのですか？　弁当屋があなたの本当にやりたいことなんですか？　確かに弁当屋の仕事も良い部分はあるでしょう、でも——」

「もういい」

そう言ったのは熊野だった。

「お義父さんだって本当はわかっているはずです」

竜ヶ崎の言葉に、今度は熊野が黙り込む。

「お義父さんが店を続けたいのなら私にやらせてください。まだ勉強しなければならないことは多くありますから、今すぐは無理ですが、それに向けて今から動きだしたいと思っています」

何事か、熊野が言った。口が動いた。

それから今度は顔を上げ、もう一度はっきりと言った。

「帰れ」

竜ヶ崎は無言で頭を深々と下げて、出ていった。

「悪かったね、小鹿さん」

急に優しい声で、熊野が言った。息を詰めて経緯を見守っていた千春は、びくついて、いいえ、と答える。

「もう帰りなよ」

「あ、そうですね、じゃ、あの……」

「はい、またのご来店をお待ちしております」

ちらちらとユウと熊野の様子を気にしながら、千春は店を出た。


それから、三日後のことだった。

休日の十七時を過ぎた頃で、千春は自宅でおでんを煮込みながら、最近の習慣通り、そろそろくま弁でおにぎりを買ってこなくてはと考えていた。

ここ三日くま弁に行っていない。ユウと熊野はもういつも通りだろうかと考えていたとき、千春の携帯電話が、鳴った。

黒川からの着信だ。以前くま弁の常連で花見を企画した時に、連絡先を交換したのだ。その他のプライベートで彼と連絡しあうようなことはなかった。

珍しさに嫌な予感がする。千春の頭にあったのは三日前のやりとりだ。とんでもない内輪の話を聞いてしまったが、まさかあれが原因で何かあったのだろうか。いや、だからといって、こんな急に……。

『あっ、小鹿さん。突然ごめんね』

「いえ、休みだったので……」

『くま弁が閉まってるんですけど、何か聞いてません？』

どきっとした。

直接的には何も聞いていない。

千春は不安を押さえ付けながら確認した。

「え？　閉まってたって、臨時休業ですか？　熊野さんがまた腰痛めたとか？」

『いや、しばらくお休みしますって張り紙があったんですよ、シャッターに』

普通じゃない。

しばらくってどういうことだろう。一日二日ではないのか？　不幸があった？　それにしても日にちは区切って書きそうなものだ。どうしてしばらくなんて書くのだろう。

下ろされたシャッターがもう開かないような気がして、千春はいてもたってもいられず、コンロの火を消して財布とスマートフォンだけトートバッグに入れて部屋を飛び出した。

千春が行くまで、黒川は店の前で千春を待ってくれていた。

彼が言う通り、張り紙にはしばらくお休みしますという文章がある。突然の休業を謝罪する言葉はあるが、なんのためかは書かれていない。

千春が張り紙の前で呆然と立ち尽くす間にも、同じように張り紙を見て顔をしかめて帰っていく客らしき人々が入れ替わり立ち替わり現れた。

「ちょっと、どっかお店入って話そう」

黒川は携帯電話を操作しつつ、そう言った。

❄

赤煉瓦の外壁は枯れた蔦で覆われ、風が吹くたびにその蔦がかさこそと音を立てていた。

千春はドアチャイムを鳴らしながらドアを開けて喫茶店の中に入った。ウナギの寝床のような狭くて奥行きのある店内は、右手にカウンター、左手にテーブルと椅子が並んでいた。

店内を見回した黒川は、一番奥のテーブルに向かって手を挙げた。

「あれ？」

千春はそのテーブルの先客に気付いて思わず声を漏らす。

立ち上がって頭を下げてきたのは、ユウだったのだ。

ベージュのチノパンに白いシャツ、ニットカーディガンという恰好で、目の下には少しくまが見えた。暗い顔で、彼は言った。

「申し訳ありません。お店のこと……」

「ユウ君も関係してるの？」

黒川にそう訊かれて、ユウは表情をいっそう曇らせる。

「あの、その前にとりあえず座りましょう……」

千春がそう声をかけ、全員座って飲みものを注文してから、また仕切り直した。

千春は隣に座った黒川に尋ねた。

「黒川さん、何か知ってるんですか？」

「いえ、ほぼ何も知らないですけど。でも、ユウ君を呼べばとりあえず事情教えてもらえると思ったんです」

「はい。僕もそのつもりで来ました」

ユウは先に運ばれていたコーヒーを見つめ、ぽつりぽつりと語り出した。

「小鹿様はその場にいたのでご存じだと思いますが、熊野と竜ヶ崎さんが言い争いになりまして……」

竜ヶ崎の脱サラ発言、ユウへの指摘、熊野の苛立ちなど一通り説明し終えたところで、千春が口を挟んだ。

「それで、あのあとどうなったんですか？　次の日は？」

「翌日は月曜だったので竜ヶ崎さんは来なかったんですが、熊野は必要な時以外は黙り込んでいて……どこかへ電話しているなと思ったら、もう店は閉めると言い出したんです。電話していたのは仕入れ先で、急に申し訳ないが取引を続けられなくなったと謝罪していたようです。すでに予約が入っていた分のお弁当だけ作って、新規の予約は受け付けないと言って……僕には……」

　そこでユウは細く震える息を吐いた。

「僕には、次の店を紹介してくれました」

「それって、つまり竜ヶ崎さんに言われた、健康のために店を辞めるっていうのと、ユウ君にもっと良い経験積ませるっていうのを実際にやったってこと？　それ、なんていうか、自棄でしょ、熊さん」

　自棄、そう、まさしく自棄という言葉が似合う。熊野は義理の息子から『娘の望み』を盾に店を辞めて欲しいと迫られて、ユウにもっとよい職場があるはずだと否定され、自棄になったように思える。

「僕が余計なことを言ったんです」

黒川の疑問にユウが答える。

「竜ヶ崎さんがせっかく心配しているのに熊野があまりにつっけんどんなので、少しは仲良くしてほしいというか……つい、娘さんのこと口にしてしまったんです。あんまり不仲だと娘さんが悲しむんじゃないかって……熊野さん、それを聞いた途端顔色を変えてましたし、竜ヶ崎さんも……僕のあの言葉から、二人ともいつもとは違ってしまったんです。吹っ切れてしまったというか、ぶちまけてしまった感じで……」

ユウは眉をぎゅっと寄せ、厳しい表情だ。

「それはかなり余計なことだったね」

黒川が何か含む言い方をした。

「ちょっと、黒川さん、何か知ってるんでしょう？」

黒川は千春に脇を突かれて、小首を傾げた。別に可愛くはない。

「そうですねえ。知らないわけじゃないんですけど……」

これ、僕が言ったって言わないで欲しいんですけど、と内緒話におきまりの台詞を前置きして、黒川は語った。

「実はね、娘さんって自宅で倒れたんですけど、その日って竜ヶ崎さん出張でいなかったんです。で、休日明けに出社しないって娘さんの会社の人が管理人にドア開けてもらって、ようやく見つかったんですけど、もう息がなくて。竜ヶ崎さんは海外出張だからメールだけはやりとりしてたそうで、でも移動もしてたし時差もあったからメールのやりとりが途絶えたこともあんまり気付いてなかったというか、気にしてなかったみたいです。いや、たぶん冷めてたわけじゃなくて、単にメールとかあんまり必要時以外しない人なんだと思うんですけど。出張先から帰国した竜ヶ崎さん、ご遺体を前に泣き崩れて、真っ青な顔で謝罪してました。畳に頭擦りつけてね。あの時は、竜ヶ崎さんが戻るまで、熊さんが娘さんのそばについてあげてて、僕も手伝いで部屋に出入りしてたんですけど、あの人の方が死人みたいな顔してるなって思いましたよ」

それが、五年前。

「熊さんも同じ市内だし気付けなかったのは悔しかったでしょうね。自分の負い目にも感じてると思います。僕も詳しい事情はあとから、一周忌の時だったかな、話してもらったんです。若いのに本当に可哀想だなあって、僕も今でも悲しくなります。熊さんにしたら、それどころじゃないでしょうね」

長い説明のあとで、黒川はふうと息を吐いた。

それから、ますます落ち込んだようすのユウに、困り顔で笑いかけた。

「らしくないなあ、ユウ君。なんでそんなふうに言っちゃったの」

「……それは、熊野さんに義理の息子さんとの関係を……」

言いかけて、ユウは口を噤む。

前のユウではなくて、個人的な、ユウだった。客の前のユウは、頼りなげで悲しげで、店に立つユウとは全然違っていた。

それを前にして、果たして自分がここにいていいのかと千春は動揺した。動揺して、しかし踏みとどまった。だってユウが自分から心の内を話してくれたのに、逃げるわけにはいかない。

「聞かせてもらえませんか、その話」

千春がそう言うと、ユウは暗い顔で答えた。

「ええ。でも、面白い話ではありませんよ」

ふと、千春は既視感を覚えた。いつかも同じようなことを言われた気がする。あの時なんと返したかは忘れたが、千春は首を振って答えた。

「いえ、いいんです。ユウさんがよければですけど、私は、聞きたいです」

口にしてから図々しすぎただろうかと不安になる。

だが、ユウは千春を見つめて頷いてくれた。

「僕も……」

そして、囁くような声で言い直す。

「何度も、言われた言葉だったので」

あ、と千春は声が出そうになった。

ユウは言葉を切った。言うべきか迷っているのではなく、言葉を探しているようにみえた。しばらくして、彼は顔を上げた。

「僕、前の店では店長させていただいていましたが、新しいオーナーとの間に意見の違いがあって店を辞めたんです。なんだか……自分にとって料理とか美味しいものとかってなんだろうなんてところで悩んでしまって。僕にとって食べることは……作ることは、なんだったのだろうかと。というのも……」

少し言いにくそうに、彼は笑った。

「……実はそのオーナーが叔父だったので。家族とも不仲になってしまいました。そのときに繰り返し周りから言われたのが、『亡くなったお父さんが悲しむよ』という言葉でした。叔父は父の弟で、父の事業を継いだのです。僕が叔父と不仲で決裂すれば、父が悲しむというのはずっと僕の頭にもあって……」

ユウは、気恥ずかしげな様子だった。

「良い息子でいるって、難しいですね」

「良い父親も難しいよ」

黒川がわかったようなよくわからないようなことを言ってにやっと笑った。

「ずっと意識していたことだったから、つい口から出たんだね。思うんだけどさ、ユウ君もそんなのもう吹っ切っちゃえばいいんだよ」

「簡単に言いますね……」

　思わず千春は呟いた。

「だってさ、死んじゃった人はもういないんだし、身内だって考えが合わない人はいるし、世の中に親族経営の企業が内輪もめで分裂するとか一方の派閥を追い出すとか幾らでもあるわけだし。そもそも、ユウ君だってそう思ったから店辞めたんでしょ。お父さんには悪いけど、自分はもうあの人とはやってけないって」

「まあ、そうなんです」

　ユウは認めた。

「でも、自分を責めた部分もありました。何をしたらいいか、正直料理から離れることさえ思ったんですが、常連だった方から北海道旅行を勧められていたことを思い出して、バイクでフェリーに乗って北海道に来たんです」

「それで、くま弁の前で事故に……」

　入院したユウに熊野が弁当を届けてくれたという話は聞いている。

「そういえば、熊野さんって、今はもうあんまりお弁当作らないですよね」

「そうですね、腰を痛めてしまって長い時間厨房に立てなくなったので。でも今も仕込みは一緒にします」

　くま弁の玉子焼きも熊野の作だ。ふわふわ、だしたっぷり、でもどこか懐かしい甘さもあるあの玉子焼きは、もうそれだけでも専門店を出せるんじゃないかという出来だ。卵そのものにもこだわりがあるらしく、熊野の家で何故か朝食を食べたことのある黒川が言うには、店用の卵を使った卵かけご飯もまた絶品らしい。

ユウは目を細めた。穏やかな顔立ちのユウだが、ここまで優しげな眼差しというのも最近は珍しい。ここしばらくは、どこか張り詰めた雰囲気を漂わせていたから。

「熊野さんのお弁当を食べた時、僕は、家にいるような、そんな気持ちになったんです。安心して、心地よくて、入院中だったから病院だったけど、病院ではなくて、家にいるような。家庭にいるような気持ちで、食事ができたんです。そんなの、そう、本当に久しぶりのことでした」

家ではないけれど、家にいるような。

弁当箱を開けた途端、そこが家庭になるような。

そんな安心感を、千春もなんとなく、わかる気がした。

「僕は、これが欲しかったんだって、これが僕のずっと求めていたものだって、その時思いました。僕もそういうものをお客様に届けたい。だから僕は、熊野さんが、僕の前職を知って、お店に誘ってくださった時、とても嬉しくなって――熊野さんのお店で、くま弁で働こうと思ったんです」

「ずっと……求めていたもの……」

そう口にした時、ユウが当時陥っていた状況を思い出した。店を辞めたこと、身内との不和。よりどころを失った彼を、大げさな言い方をすれば、熊野の弁当が救ったのかもしれない。

「それなら、そう言えばよかったじゃないですか」

千春はユウと熊野の心情を思い、溜息を吐いた。

え、とユウが聞き返す。

「ほら、竜ヶ崎さんが、ユウさんはくま弁で働いているより、もっと他の店で経験積んだ方が将来のためだって言っていたじゃないですか。あの時ちゃんと言えば、熊野さんだって納得したかもしれない」

「そう……ですね。でも、今言えたのは、小鹿様のおかげだと思います」

「私、何かしました？」

「……話してほしいと言われて、なんだか楽になったんです」

少し照れ臭そうな表情で、ユウは言った。

「僕のこんな話でも聞きたいと言ってもらえるのなら、と……」

言われてみれば、千春も少しはわかる気がした。千春だって、自分のことをひょいひょい話せる質ではない。

心を開いて話してくれたユウに、何かしたい、と思った。

ユウが『差し出がましくも』弁当の中身を変えたから、千春の心は救われた。あの時注文のまま、ザンギ弁当を出されていれば、千春はしばらく苦しみ続けていただろう。千春が楽になったのは、ユウが『差し出口』をして弁当を変えたからだ。千春に関わってくれたからだ。

私も関わりたい、と思った。

たった一つ、思いついたことを、千春は口にした。

「ユウさん。もうごはんって食べました？」

ユウは唐突な話題の転換に、目を丸くしながらも首を振った。

「いえ……色々あって、昼からは何も食べてません」

「なら、晩ごはんは私に用意させてください」

ユウは不思議そうな顔で、千春を見ていた。

黒川の自宅は駅徒歩十分程度の分譲マンションの七階にあった。

部屋は思いの外片付いていて、飾り棚の写真立てには娘とのツーショット写真が入っている。キッチンも使いやすく整頓され、清潔だ。

「で、なんでおにぎりなんですか？」

千春が買って来た食材を袋から出しながら、黒川がそう尋ねてきた。

「私、最近くま弁のおにぎりにはまっていて。あれも入院前は熊野さんが作ってたって聞いたんです。きっとユウさんも好きなんじゃないかなあって」

「ははあ」

何故か少し意地の悪そうな笑みを浮かべて、黒川が言う。

「さてはおにぎりなら自分でも作れるし――とか思ってませんか？」

「えっ」

「おにぎりってね、奥が深いんですよ。僕も一時期色々研究したんですけど。力加減が難しいし、具材の偏りとかも気になるし」

まったく黒川の言う通り、おにぎりなら自分でも形になるだろうと思ったのだ。

だが千春は認めるのも悔しく、澄まして言った。

「いや、そんな安易な発想じゃないですけど」

「どうかな～。まあごはんは僕に任せてください。おにぎりは、少し水加減控えめにした方がいいんですよ」

「って黒川さんだって炊飯器任せじゃないですか」

「土鍋ご飯もいいですけど、まだたまに失敗したりするんですよねえ……」

黒川は、楽しそうに笑っている。

「なんだか嬉しいですね。ユウ君のこと、励まそうとしてるんでしょう？」

そう答えながらも、改めて指摘されて、千春は自分の発想が恥ずかしくなってくる。

「私はユウさんのお弁当に色々楽にしてもらっていて……だからユウさんを励ましたいって思った時に、お弁当を作ろうってまず思ったんです。でも、これって、なんだか母の日に感謝を込めて食事を作る、みたいな感じで……子どもみたいで恥ずかしいですね」

「いいんじゃないかなあと思いますけどね。僕も娘から父の日にご飯作ってもらえたら嬉しいと思うし」

「それやっぱり子どもだからだと思いますけど……」

「ユウ君なら大丈夫ですよ。きっと、小鹿さんの気持ちを汲んでくれますよ。ちょっとくらい塩辛かったり、固かったりしても」

「………」

やっぱりそれだとユウが父母の立場という想定のような気がしたが、千春はそれ以上は口を閉じて、具材の準備を進めた。

冷蔵庫の中の食材も好きに使って良いと言われていたので、千春は冷蔵庫の扉を開けて中を覗き込んだ。マヨネーズを取り出そうとして、ふと、その隣で扉ポケットに収まる瓶に気付く。


「ええ……」

「これなんですか?」

千春は瓶を手に取った。小さな瓶に薄茶色いものが詰まっている。

「ああ、それ、昨日収穫してすり下ろしたばっかりなんでまだ香りいいと思いますよ!」

開けてみろと仕草で言われて、千春は蓋を開けて香りを嗅ぐべく息を吸い込んだ。

途端、鮮烈な香りが鼻から頭のてっぺんまで突き抜ける。目がちかちかして痛くなる。食べなくてもわかる。これは辛い。

慌てて蓋を閉める千春を見て、黒川がやっぱりまだ風味飛んでないみたいですねと嬉しそうに言う。千春は思わず渋面で彼を睨んだ。

「山わさびですよ」

「山わさび……」

初めて耳にする名前を、千春は口の中で繰り返した。本わさびとも少し違う鋭い風味に、そのなんとなく荒々しい雰囲気の山わさびという名前がぴったり合うように思えた。

「西洋で言うところのホースラディッシュですよ」

黒川が説明するところでは、北海道の冷涼な気候が栽培に適しているらしく、庭先で育てることもできるそうだ。爽やかな辛みが魅力的だが、空気にさらされるとすぐに風味が飛んでしまうため、すり下ろしたものを醤油漬けにしたり、冷凍したりして保存する。

　試しに言われるままに少量を箸の先に取って口に入れてみる。つんと鼻から抜ける辛みはローストビーフの付け合わせのあのホースラディッシュと同種のものだと思う──だが、鮮度のせいか、千春の記憶にあるホースラディッシュとは比べものにならないくらい風味が強い。

「ごはんにのっけると美味しくってねえ」

　黒川がうっとりとした顔で語った。

　千春は辛いものが特に好きでも嫌いでもないが、これはなんだか不思議な、やみつきになるような風味がある。本わさびをごはんに載せて食べたいとは思わないが、この山わさびはあつあつのごはんに載せてみたいと思う。

「あのう」

　その時、ダイニングにいたはずのユウがひょっこり顔を見せる。

「僕がお作りしましょうか？」

「今日くらい、私たちで作りますから！」

　千春がそう言いきって、出て来たユウをダイニングに押し戻す。

「やるからにはきっちり作ってもらいますよ、小鹿さん」

黒川もやる気らしい。千春は戦場に赴くような気持ちで炊飯器の蓋を開けた。

蒸らしが終わった炊きたてご飯は一粒一粒がつやつやと輝いていた。

準備を整えた千春は、おひつに取って少し冷ましたご飯と向き直る。

手水をつけて、塩を手にまぶして、ご飯を適量取って、握る。

これが、熱い。

冷め切っているよりは温かい方が良いだろうと握り始めたのだが、触るだけならともかく、ある程度力を入れて握ると、それはもう熱い。最初の一個はご飯を取り落としてしまった。

改めて意識して美味しいおにぎりを作ろうとすると、なかなか難しい。力を入れるばかりではおにぎりが固くなってしまうし、力を抜けば食べている途中でぼろぼろ崩れる。望むらくは食べた時に口の中で解れる、そういう固さだ。それが難しい。具も筋子とかを入れてしまうと水分でばらけてしまいやすくなるし、入れすぎたり、偏ったり、なかなかこれといったものが完成しない。

具材は焼きたらこ、鮭といくら、それに……。

「ん」

その時ふと思いつくことがあって千春は黒川を見やってから、冷蔵庫を見た。黒川も何か察した様子でにんまり笑った。

あれこれ作るうちに、だんだん千春もこつが摑めてきた。

がちがちに固くしすぎないよう。空気を含ませて、優しく、でも崩れないように握る。リズミカルに、きゅ、きゅ、きゅと角を握っては手の中で転がしていく。

出来上がったそれに海苔を巻く。

チェックをした黒川が太鼓判を押してくれた。

「いいんじゃないですか」

「おお……！」

米は二合全部使った。最後の二個が一番出来が良い。それを黒川の家にあった曲げわっぱの弁当箱にそっと詰めて、しその葉で仕切りをつくり、隙間に黒川が作ってくれた玉子焼きとたくあんを添える。

黒川はリビングのソファでうたた寝をしていたユウに声をかけた。

「ユウ君、できたよ」

「……え？」

寝ぼけ眼で飛び起きたユウは、周りを見回して、目を擦っている。

早速千春はソファの前のテーブルに弁当箱を置いたが、考え直してベランダを覗いてみた。広めのベランダには、庭などで使うようなアイアンテーブルと椅子が置かれている。

ちょっと外に出てみたが、まだ昼間の温(ぬく)もりが残っていて、ジャケットかコートを着込めばあまり寒さも感じなかった。

千春はアルミホイルで残っていたおにぎりを包むと、ユウを引っ張ってきてベランダの椅子に座らせ、弁当箱を渡した。

「せっかくなんで、外で食べてみましょう！」

「はあ……」

すでに日は沈み、空は藍色(あいいろ)に近い。川沿いに立つマンションだったから七階の見晴らしはなかなかよくて、これは夏には花火が綺麗(きれい)そうだ。

黒川も千春もそれぞれ椅子やベンチに座り、黒川がうきうきした様子で言った。

「じゃ、食べましょう！」

ユウは弁当箱を開け、ほっとした様子で表情を緩ませた。

「美味しそうです」

千春は、おにぎりは少し時間をおいて海苔がしっとりごはんに吸い付くようになったくらいが好きだ。蓋を開けるとまさしくそういうおにぎりが現れて、海苔の匂いがふわっと漂った。ユウがいただきますと丁寧に言って、一口食べる。千春は緊張からごくりと喉(のど)を鳴らす。

ふと、ユウが目を瞠(みは)った。

「これは、ホースラディッシュですか？」

おにぎりの中身を見ながら、驚いた様子だった。

「はい。ユウさんのお兄さんとの思い出の、昆布マヨ辛子のおにぎりをアレンジしてみました。辛子の配分で苦労してるうちに、どうせなら北海道っぽいのがいいかなと思って。山わさびの醤油漬けを黒川さんがお持ちだったので、それを使わせてもらったんです」

ユウは黙っておにぎりを見つめている。一応味見はしたが、ちょっと入れすぎたかなと心配になって、千春はユウの様子を慎重に窺った。

「爽やかで、私は結構好きなんですけど……あの、辛すぎました？」

いいえ、とユウはやんわり笑って否定した。

「僕の言ったこと、覚えててくださったんですか？」

「ユウさん、楽しそうに話してらしたので、きっといい思い出だったんだろうなあと」

そう話したところで、腹が鳴った。千春は黒川と顔を見合わせて笑った。

「僕たちもいただきましょうか」

千春はアルミホイルに包まれたおにぎりを手に取ると、ホイルをはぎ取った。いただきますと言ってから食いつく。海苔の香りが心地よい。塩もちょうどいい。難点は一口目で具材にたどり着かなかったことだが、まあ、そういうこともある。

こちらは焼きたらこだ。ぷちぷち弾ける食感が楽しくて、千春は結構好きだ。

ユウがまた一口食べた。嬉しくなって、千春は語った。

「お弁当箱を開けたら、そこが家庭になるっていうユウさんの言葉、わかる気がするんです。くま弁のお弁当って、美味しいだけじゃなくて、ほっとするっていうか……熊野さんのお弁当にユウさんが感銘を受けて作って、それがまたお客さんに提供されて……私、だからユウさんのお弁当好きなんだと思います。ユウさんの優しさとか、気持ちが込められている感じがして。気遣い、みたいなものを感じるんです」

そうそう、と黒川も頷く。

「ユウさんのお弁当に私いつもおなかの中から励まされるっていうか。そういうふうに感じるんです。元気になるんです。ユウさんにも元気になって欲しい。私は作ることについては素人だし、もしかしたら他のやり方の方がよかったのかもしれませんけど……でも、ユウさんのお弁当が素敵だってことを、私の作ったおにぎりの何倍も何十倍も素敵だってこと、知って欲しかったんです」

長く話して、千春は少し照れ臭くなる。

ユウはおにぎりを見つめながら、呟いた。

「小鹿様の作ったおにぎり、美味しいです」

「ユウ君、無理しなくていいよ？　そりゃ、ユウ君に出したのは出来のいいやつだけど、それでもちょっと手水つけすぎてべちゃってしちゃったのもあるし、ほら、僕が今食べてるのなんか食べながら崩れていくし……」

「黒川さん！」

千春に止められても、黒川はでも事実だし、と言ってのける。

確かに彼の手の中で、おにぎりは無残に崩れ落ちていくのだが。

ユウは堪えきれないようすで笑い出し、笑うそぶりで目元を拭った。

「黒川さん。小鹿様。ありがとうございます」

礼を言われて、千春は思わず黒川と顔を見合わせた。

「いえ、その……大したことしたわけでは」

「いつものユウ君のお弁当の方が手間かかってるでしょ」

「でも、おかげで腹を決められました。もう一度熊野さんと話し合います」

「どうするつもり？　さっきの話、熊さんにもする？」

ユウは弁当箱からもう一つのおにぎりを取り出した。

「そうですね、まずはお弁当を用意します。くま弁について話すんですから、それが一番、相応しいと思います」

そうして、この上なく美味しそうに、幸せそうに、おにぎりを頬張った。

「いらねえよ」

そうくるとは思わなかった。

熊野のあっさりとした返答に、千春と黒川はひそかに目を見交わせた。

その日もくま弁はお休みで、なおかつこちらは事前に決まっていたことだが、熊野が通院する日でもあった。ユウは厨房を借りて弁当を作り、熊野が病院から戻るのを待っていたのだが、差し出した弁当への返答がそれだった。

「話があるなら聞くけど、弁当はいらねえよ。腹減ってねえんだからよ」

「そうですか、じゃあこれはまた空腹な時にどうぞ」

ユウはユウで別にまったく堪えたようすも見せず、そう言って熊野に押しつける。

店の二階は居住スペースで、ユウも昨日までそこに住んでいた。ユウは昨日部屋を追い出されて以来黒川の家にやっかいになっている。

「そもそも、なんでここにいるんだよ。厨房勝手に使ったのか？」

「休み中は好きに使っていいと言われていますよ」

「そりゃ辞める前の話だろ。鍵はどうした」

「私が開けました。何かあった時に、と以前合い鍵を渡されていたので」

そう言ったのは、厨房の奥から顔を見せた竜ヶ崎だ。

「おまえ、仕事……」

「今日は定時で上がりました」

義父の店の一大事なので、と彼は言った。

「じゃあなんで黒川さんと小鹿さんまでいるんだよ」

「えっ」

「あ、僕たちもう帰りますので」

店の隅で様子を見守っていた千春は黒川に引っ張られていそいそと立ち上がる。

勝手口から外に出ると、西の空は真っ赤な太陽が雲を照らして消えゆくところで、東の空はすでに透明な青色に染まっていた。昨夜、黒川宅のベランダでおにぎりを食べたのも、このくらいの時間だったが、気温は今日の方が低い。

長く伸びるくま弁の庇の影を見つめて、千春は溜息を吐く。

「どうでしょうね、熊野さんとユウさん」

「まあまあ、僕らがいたら話せないこともあるでしょうから……」

黒川はそう呟くが、不意に千春の方を見て、何故か楽しそうに微笑んだ。

「えっ、なんですか」

「いや、嬉しくて。ユウ君って、ほら、愛想良いけど人懐こいわけじゃないでしょ。でも小鹿さんは結構ぐいぐい行ってくれるんで」

「……黒川さんもぐいぐい行く方ですよね」

「そうですかね？」

「そうですよ。私にもぐいぐい来ましたもん。私の場合、元々そんなぐいぐい行く方じゃないとは思うんですけど」

そう、どちらかというと、おとなしくて、受け身な方だと思う。

「でも、ユウさんって、放っておくと一人で抱え込んじゃうように思えて」

「そう！　そう思います、あんまり自分のこと言わないんですよね、お節介のくせに」

「それでまあ、私もお節介しとこうかなあというか。幸せになって欲しいというか」

口にしてみると、幸せになって欲しい、とはまたずいぶん変な表現に思えたが、他に思い浮かばなかったのだから仕方ない。

「いやー、僕らにそんなふうに思ってもらえるんですから、ユウ君幸せですよ」

黒川が冗談めかしてそう言ったので、千春も思わず笑った。

「そうだといいなあって思います」

心からそう思った。自分がユウにとって大した存在ではないとしても、こうして周りで彼のことを考えている人間がいるというのは、悪い気はしないのではないだろうか。

「あ。そういえば、黒川さんが、竜ヶ崎さんに言ったって聞きましたよ。私のこと、ユウさんのお弁当の美味しさを一番知ってるとか、なんとか……」

「ああ！」

黒川はおかしそうに笑って、その少し乾燥してひび割れたような皺のある目元を細めて、ビルの上の空を見上げた。

「そう思ったんですよ。小鹿さんなら、ユウ君のお弁当も、ユウ君自身のことも、保証してくれるんじゃないかなって」

黒川の方がユウともくま弁とも付き合いが古いじゃないかと思ったが、黒川からそう思われているのは悪い気がしなくて、千春は特に反論しないことにした。

そうしている間にも、常連たちがふらりと店の前に来て、閉店であることを確認し、黒川らと一言二言交わして去って行く。店を続けて欲しいという思いは皆同じだし、ここでユウたちの話し合いを待っていると言うと、頑張れよなんて言ってくれる人もいた。

突然、勝手口が開いて熊野が顔を覗かせて、千春と黒川がいるのを見て、声を掛けた。

「さっきは悪かったな。ユウ君から聞いたよ、相談に乗ってくれてたって。よかったら、黒川さんと小鹿さんにも聞いておいてもらいたいんだけど、いいかい？」

千春にも黒川にも断る理由はなかった。


いつもの休憩室では、ユウが人数分のお茶を淹れてくれた。

ちゃぶ台を囲んで大人が五人も集まると、物の多い部屋はいっぱいになる。

「それで早速なんだが、ユウ君は次に働く場所も決まってるし、もう黒川さんたちが心配するようなことはない。うちの店はまあ諦めてもらうことになるけどな」

いきなり熊野がそう切り出したが、ユウが渋面で否定した。

「いえ、決まってません。そもそもあそこでは働きません」

黒川が首を捻って尋ねた。

「あそこって？　どういうところ紹介されたのさ」

「叔父が気が変わったらしくて僕を呼び戻したがってるんです。それをくま弁にも電話してきていたみたいで……この前の法事で顔を合わせた時、ちゃんと断ったんですけど。叔父からの電話で熊野さんが知って、なら前の店戻ればいいって言い出したんです」

「ああ、じゃあ紹介って、ユウさんが前働いていた店のことですか」

それまで黙っていた竜ヶ崎が、湯呑みを両手で抱え込みながら言った。

「それでは、私が店を継ぎたいと言ったのは、考えてくれたんでしょうか」

「いや、それはないな。信司君は正直商売向いてないよ、原価割れ気にしないタイプだ」

心当たりがあるのか、竜ヶ崎はぐっと呻いて言葉を詰まらせた。

「それに俺が辞めるなら信司君は文句ないだろ。身体は休めるんだから」

「勿論そうですが……」

竜ヶ崎は呟いて、俯く。

「アサコさんは、本心では店を継ぎたかったんです。全然別の仕事をしていましたが」

アサコが熊野の娘の名前なのだろう。熊野もしんみりした様子で頷いた。

「知ってるよ。俺が反対したから別業種に行ったんだ。それでよかったんだよ」

「でも私にはくま弁を手伝っているアサコさんが一番幸せそうに見えたんです」

竜ヶ崎は部屋の中を見回して呟くように語った。

「この店にはアサコさんの気配が残っている感じがします。お義父さんがこの店を潰せなかったのもわかるんです……ここで働いてみたら、なんだかすぐそばにアサコさんがいるような気がしてしまって」

千春にはわからない。生前のアサコを知らないから当然だが、しかしもし今突然ユウがいなくなったとしたら、たぶん竜ヶ崎と同じように感じて、そのとき初めて本当に彼の気持ちがわかるのだろう。

「お義父さんは、ここで死にたがっているんだ、と……今は思うんです」

熊野は何も言わなかった。

腕を組み、口を真横に引いて、噤(つぐ)んでいた。

「だから、せめてその気持ちだけでも、私が継ぎたいなと思ったんです」

沈黙の後、熊野は口を開いた。

「……信司君は、アサコが俺の健康を望んでるって言ったけどな」

ゆっくり、訥々と語る。

「俺は、逆に思えたんだ。ユウ君が店に現れた時、アサコが俺に死ぬまで店やってろって言ってるように思えたんだ。アサコには散々迷惑かけてきた。いつも店が優先で、親らしいこともろくにしねえで……あの日もそうだ。倒れる二日前も、アサコは店の手伝いに来てくれた。俺は、あいつが体調悪そうだったから、それを断って、医者に行けよって言うだけ言って、送り出した。あいつは結局、そのまんま家帰って……あの時せめて俺が病院まで送ってやればよかったんだ。俺もそれから身体壊したし、何より気力がなくなっちまった。もう店を辞めよう、そう思った時、やってきたのがユウ君だった」

顔を上げた熊野はほんの僅かに笑みを浮かべていた。苦いような、悲しいような、懐かしむような。

「アサコがユウ君を呼んだみたいに思えたよ。ここで辞めるなんて許さないって。でもなあ、結局、俺がそうしたかっただけだってようやく気付いたんだ。本心じゃ店を続けたかった。アサコの望みは、信司君の言うとおり別のところにあるのによ。そのことに、ようやく気付いた。もうアサコを言い訳にはしたくねえ。ユウ君を巻き込むのもおしまいにしようと思ったんだ」

息を吐いて、熊野はユウに頭を下げた。

「悪かった。ユウ君を二年も引き留めた」

ユウは頭を下げられたことに驚いたようすで一、二秒固まっていた。それから瞬きを一つしたかと思うと、あっけらかんとした口調で尋ねた。

「それで、この店、熊野さんに何かあったら竜ヶ崎さんが引き継ぐんですか？」

「……あ？」

顔を上げた熊野が、さすがに凶悪な顔で聞き返した。千春だって耳を疑った。

ユウは顎に手を当て考え込む仕草をしつつ話す。

「土日だけバイトを雇えればどうにか僕だけでも回せるかなと思うんです。それくらいの売り上げはありますし。竜ヶ崎さんはどうですか？」

「おい、なんでいきなり俺が死んだ時の話してんだよ」

「死んだとは言ってませんけど、熊野さんに何かあったあともお店で働きたいと思っているので」

黒川が、いや、いや、と引きつった顔でくちばしを挟む。

「ちょっと待ってよ。熊さん、身体壊しちゃうからお店やめるって言ってるのに、続ける話するの？　死ぬまで店やれって、ユウ君は鬼なの？」

「大丈夫ですよ。バイト雇っても大丈夫って言ったじゃないですか。今回は熊野さんの腰の状態次第だったのでバイトも募集しにくかったんですが、長期的にということなら来てくれる人もいるでしょう」

「でも、ユウ君、前の店、オーナーと対立して辞めたんでしょ……そりゃ熊さんはユウ君に任せてくれたけど、竜ヶ崎さんとはどうなるかわからないんじゃない？　あ、いや、これは別に相性の問題で、誰が悪いって話じゃなくてさ」

黒川も心配そうに尋ねたが、ユウは微笑みさえ浮かべて言った。

「前の店より僕も成長していますよ。いかがでしょうか、竜ヶ崎さん」

「……私としては、義父が無理せず、店が続くのであれば、それが一番いいと思います」

「おい、信司君まで！　俺は店は潰すって言って……」

ユウはあざとい角度に首を傾げて、熊野に微笑みかけた。

「でも新オーナーはこうおっしゃってますし」

「まだ新じゃねえよ、俺だよ現オーナー！」

熊野は顔を歪めて、忌々しげに言う。

「なんだってそんなにうちの店に拘るんだよ。ユウ君なら他の店でも働けるだろ」

「ではその説明のためにも、ごはんにしませんか？」

ユウはそう言って立ち上がり、休憩室併設のミニキッチンへ向かう。熊野は問いをかわされて不服そうだ。

「すみません、お弁当まだ食べていただいてなかったので」

そう言って、ユウは熊野に先程渡そうとしていた弁当を持ってくる。発泡スチロールの容器に入った見た目は、いつものくま弁の弁当そのものだ。

「あっ、いいなあ熊さんだけ」

黒川がずいぶんとぼけたことを言っていた。

弁当箱をちゃぶ台の上に置いて、ユウは熊野の反応を待つ。さすがにそうまでされては熊野も観念したのか、弁当を引き寄せて、蓋を取った。

やや小振りなおにぎりが二つに、おかずは玉子焼き、お煮しめ、さわらの照り焼き、漬け物、というシンプルなものだ。でもこのシンプルさを千春は好ましく思った。

それを見て熊野は一旦動きを止め、覗き込んだ黒川が、あ、と声を上げた。

「おにぎり弁当だ。そういえば、熊さんがユウ君の入院中に持っていったのもおにぎり弁当でしたよね？」

例のユウが初めて食べたというくま弁の弁当だろう。

「……まさかあの時の恩だなんて言うなよ？」

「入院中って、お見舞いにお弁当持っていったんですか？」

竜ヶ崎からの突っ込みに、熊野は渋面になる。

「こいつのリクエストだよ。事故直前にうちで弁当買ってったのに、事故って食えなかったからって。大部屋の空きがなくて個室だったのをいいことにがつがつ食ってやがった」

「…………？」

がつがつ食べる怪我人が思い浮かばなかったのかユウがそういうことをするイメージが浮かばなかったのか、竜ヶ崎は信じがたいという目をしていた。

「でも、事故前に買った時とは、中身が少し違っていたんです」

ユウがにこにこして説明する。

「事故前はおにぎりではなくて白いごはんにごまがかかったものでしたし、さわらではなくコロッケでした。入院中、食欲がないって僕が零してたからだと思います。おにぎりの梅干しがとびきり酸っぱくて、でももっと食べたくなって……気付いたら完食してました」

　それは千春自身も覚えのある状況だった。

「それ、前にユウさんが私にしてくれたことと同じですよね。ザンギ弁当を、鮭かま弁当に変えてくれたの」

「ちょっと待ってくれよ小鹿さん。俺はユウ君に同じメニューは作れないかもしれないって断って持ってったよ。一緒にしないでくれ」

「確かにそうですけど、でも、あの変更は、僕のためだと思ったんです。僕のためだけに作られた弁当だって、そう思ったんです。嬉しくて、これまでのことが慰められているような感じがして、僕は……僕も、こんなふうに人に寄り添って料理をしたいと思いました。お客様全員にそうできるわけではないとしても、できる限り、そうしたいんです。くま弁なら、それができると信じています」

　ユウの言葉には熱が籠もっている。熊野は対照的に忌々しげに目を逸らした。

「なんでそう思うんだよ」

「熊野さんが、そうやってお弁当を作ってきたと確信しているからです。熊野さんが真面目にひとつひとつのお弁当を作ってきたから、お客様の要望に向き合って考えてきたから、今もくま弁は愛されているし、僕もくま弁が好きなんです」

　竜ヶ崎がぽつりと呟く。

「アサコさんもそういうくま弁とお義父さんが好きだったから、手伝いに来ていたんだと思います」

熊野は黙っていた。黙っておにぎりを手に取り、無造作に口に運んだ。

彼が一口二口食べる間、ユウは息を詰めて見守っていた。

急に熊野が目を上げて、ユウを睨んだ。口元が歪んでいる。

「辛いよこれ」

「あ、山わさび入れました」

「あのな……だからなんでそういう変化球投げてくるんだよ……」

よほど辛いのか、熊野は口元を押さえて俯いた。口元を押さえていた手を目元に運ぶ。目元を押さえるその手が震えていることに千春は気付いて、慌てて目を逸らした。

隣の黒川がまじまじと見ていたので、脇を突いて見るなと動作で示す。

「くま弁を続けてください。僕をここで働かせてください。お願いします」

ユウはまっすぐにそう言って、頭を下げた。

それを見て、千春も黙っていられず頭を下げた。

「お、お願いします！」

黒川もそれに続く。

「くま弁のお弁当また食べさせてよ、熊さん！」

熊野は目元を擦って、息を吐いた。

自分の言葉を待つユウたちを見もせず、熊野は今度はお煮しめの里芋を食べ始める。

「しょうがねえな、本当によ」

ぶつくさ言いながら、がつがつ食べる熊野を見て、ユウがおそるおそるといった様子で確認した。

「じゃあ、いいんですか？」

「しょうがねえだろ。まったくよ。ユウ君からこの店とりあげらんねえよ。あーあ、誘うんじゃなかったな。こんな面倒なやつだとは思わなかった」

「……ありがとうございます」

そのとき、竜ヶ崎が難しい顔で呟いた。

「それで、結局お店はどうしましょう」

「そりゃ俺がやるんだよ。わかってる、もう無理はしねえよ。ユウ君の弁当まだまだ食いたいしな。バイトでも募集するさ。それでいいだろ」

そう言って、熊野は竜ヶ崎をじろっと睨んだ。

「繰り返すけど信司君は経営向いてないだろうから継がせる気はねえぞ、でも、……ありがとう。あんたにも、納得してもらいたいんだ。今までのことには感謝してるよ」

竜ヶ崎はきょとんとした顔で熊野の視線を受け、それから、はにかむように微笑んだ。

「……はい。私も、少しの間ですが、お手伝いできて……アサコさんと一緒に働けた気がして、嬉しかったです」

「なんだよ、あんたまだ若いんだからまた良い人に会えるよ。そのときは俺にも知らせてくれよ。お祝いしたいんだ」

竜ヶ崎は微笑んだまま瞬(まばた)きをした。目に涙の膜がうっすら張っているのを見て、なんだか千春まで笑いたいような泣きたいような気持ちになった。

これ以上は千春たちが邪魔する必要もないだろう。

立ち上がると、ユウが黒川と千春を店の前まで送ってくれた。

すでに日はとっぷりと暮れて、西の空も青い闇に包まれ、道行く車はライトをつけている。いっそう気温も下がり、耳が痛くなるくらい冷えた空気に、千春は思わず身震いした。

「ありがとうございました」

ユウは深々と千春たちに頭を下げたので、千春は驚いて恐縮した。

「いえ、私なんて何もしてないです」

「僕を励ましてくれました」

黒川の方は、遠慮なくユウの肩を叩(たた)いた。

「じゃあ今度飲みに行こうよ！　ね、小鹿さんも一緒に」

「はい」

それじゃあ、と千春は頭を下げて家路につく。

ユウの声がその背を追いかけてきた。

「小鹿さん」

それは小さな変化だった。

（小鹿様じゃない！）

はっとして千春は立ち止まり、一拍おいて振り返った。

ユウは真面目な顔をしていたが、照れているようにも見えた。

「小鹿さん、ありがとうございました。おにぎり美味しかったんです、本当に」

「え、あ、いやあ……」

小鹿さん呼びは嬉しいが、おにぎりなのか。あらためてユウの作ったおにぎり弁当を前にして、自分のおにぎりの不出来っぷりを実感させられたというのに、美味しかったなんて言われて千春は戸惑う。

「そんな、改めてお礼言われるようなものじゃ……」

「僕のために作ってくれたのが、嬉しかったんです。おにぎりだけではなくて、僕のために、小鹿さんが、してくれたことが──」

ユウの真剣な眼差し(まなざ)に搦め捕(から)られたように、千春も目をそらせなくなった。
ユウのためのおにぎり——ユウのためだけのおにぎり。

『お客様のためだけに、お作りします』


かつてそう言ったのはユウだった。一人の客だけの特別な弁当——それが必要だったのは、求めていたのは、ユウも同じなのだ。

胸がぽっと温かくなって、それからきゅっと締めつけられるように苦しくなった。

思えば千春はユウにずっと優しさを返したかった。仕事だからだとユウは言うのかもしれないが、自分だけに向けて作られたお弁当は仕事を超えた優しさを感じられたし、それをユウに返すことができれば、何か、すべきことをできたような気分になれるんじゃないかと思っていた。変な言い方になるが、ある意味、引け目なしの、対等な関係になれるような気がしていた。

今、自分はたぶんユウに優しさを返せたし、ユウはそれを受け取ってくれた。

だから、彼は、千春のおにぎりをこんなにも美味しいと、嬉しいと言ってくれる。

でも、それだけではいやだ、とこの時気付いた。

もっと彼に優しくしたいし、甘やかしたい。警戒心の強そうな彼が心を開いてくれたことが嬉しいが、欲を言えばもっと馴れ馴れしくしてくれたって千春は全然構わない。つまり個人と個人で向き合いたいのだと思う——友達になりたいというか、もっと知り合いたい。

別に弁当だけが好きなわけじゃない。

「名前は千春ですよ」

いつかの仕返しも兼ねて、そう強引に距離を詰める。緊張して赤らんだ顔で見つめると、ユウは一瞬動揺したようすに見えた。客を名前で呼ぶほどユウはくだけたタイプではない。でも、今自分たちは友達だ——少なくとも個人的な何らかの関係を築こうという双方の意思がある、と千春は考えている。

なんだかユウを驚かせたのが嬉しくて、千春はにいっと笑った。ユウはそれを見て、ふてくされた顔をした。

「千春さんは、案外意地悪な顔しますね」

「意地悪なんて言われたの初めてですよ」

嬉しくて頬が緩むのを抑えられない。こんな程度のことでにやにやしていたら、変な誤解を——誤解じゃない気もするが——されそうだ。

「えーと、それじゃ、また来ますね」

「次会ったらおにぎりの作り方お教えしますよ」

「……それ、遠回しに私のおにぎり美味しくなかったって言ってません？」

「美味しかったですよ。でももっと美味しくできます、技術的には」

「……もしかして飲み会二人で行く方が良かった？」

黒川がそう呟くのを、千春とユゥで慌てて否定した。

いつまでも続けられそうな軽口の応酬を切り上げて、千春はまた軽く頭を下げて、無理やり視線を引きはがすように背を向け家へ向かう。

隣で黒川がにやにや笑っていたので、千春はそれが伝染したことにして、一緒になってにやにや笑った。


豊水すすきの駅から徒歩五分。

熱々の揚げ物の、炊きたてのご飯の匂いが、夜の胃袋を刺激する。

くま弁の赤い看板に、明日(あした)も灯(とも)りが点るだろう。

本書は書き下ろしです。
この作品はフィクションです。実在の人物、団体等とは一切関係ありません。

弁当屋さんのおもてなし

ほかほかごはんと北海鮭かま

喜多みどり

平成29年 5月25日　初版発行
令和4年 11月10日　16版発行

発行者●青柳昌行

発行●株式会社KADOKAWA
〒102-8177　東京都千代田区富士見2-13-3
電話　0570-002-301(ナビダイヤル)

角川文庫 20357

印刷所●株式会社KADOKAWA
製本所●株式会社KADOKAWA

表紙画●和田三造

ISBN978-4-04-105579-3　C0193

◆◇◇

角川文庫発刊に際して

角川源義

第二次世界大戦の敗北は、軍事力の敗北であった以上に、私たちの若い文化力の敗退であった。私たちの文化が戦争に対して如何に無力であり、単なるあだ花に過ぎなかったかを、私たちは身を以て体験し痛感した。西洋近代文化の摂取にとって、明治以後八十年の歳月は決して短かすぎたとは言えない。にもかかわらず、近代文化の伝統を確立し、自由な批判と柔軟な良識に富む文化層として自らを形成することに私たちは失敗して来た。そしてこれは、各層への文化の普及滲透を任務とする出版人の責任でもあった。

一九四五年以来、私たちは再び振出しに戻り、第一歩から踏み出すことを余儀なくされた。これは大きな不幸ではあるが、反面、これまでの混沌・未熟・歪曲の中にあった我が国の文化に秩序と確たる基礎を齎らすためには絶好の機会でもある。角川書店は、このような祖国の文化的危機にあたり、微力をも顧みず再建の礎石たるべき抱負と決意とをもって出発したが、ここに創立以来の念願を果すべく角川文庫を発刊する。これまで刊行されたあらゆる全集叢書文庫類の長所と短所とを検討し、古今東西の不朽の典籍を、良心的編集のもとに、廉価に、そして書架にふさわしい美本として、多くのひとびとに提供しようとする。しかし私たちは徒らに百科全書的な知識のジレッタントを作ることを目的とせず、あくまで祖国の文化に秩序と再建への道を示し、この文庫を角川書店の栄ある事業として、今後永久に継続発展せしめ、学芸と教養との殿堂として大成せんことを期したい。多くの読書子の愛情ある忠言と支持とによって、この希望と抱負とを完遂せしめられんことを願う。

一九四九年五月三日

最後の晩ごはん

黒猫と揚げたてドーナツ

椹野道流

良い出会いも、悲しい別れも、幸福な記憶。

兵庫県芦屋市。夜から朝まで開店の定食屋「ばんめし屋」は、元俳優の海里と店長の夏神、英国紳士（本体は眼鏡）のロイドで営業中。急に「京都に行きたい」と言い出したロイドに、夏神は3人での京都旅行の提案をする。京都では、海里の俳優時代の後輩・李英も合流。彼は社会勉強のため、便利屋でバイト中らしい。後日、海里は李英に頼まれ、事故死した青年の遺品整理を手伝うことになり……。じんわり泣けるお料理青春小説第7弾！

角川文庫のキャラクター文芸

ISBN 978-4-04-104895-5

深海カフェ海底二万哩（マイル）2

蒼月海里

ついに深海の秘密が明かされて……!?

池袋のサンシャイン水族館で、展示通路の壁に見つけた不思議なカフェの扉。いつのまにかそこの常連となっていた僕、来栖倫太郎（くるすりんたろう）は店主の深海（ふかみ）とともに、客が心の海に落とした『宝物』を捜すようになっていた。その日もいつもと同じように扉を開けた瞬間、店内の様子が変わっていることに気がついた。深海の姿はなく、まるで何年も放置されていたかのように、暗く分厚く埃が積もっている。一体何が起きたんだ……!?

ISBN 978-4-04-103567-2